忍城春宣詩集

Oshijo Harunobu

JN064098

新・日本現代詩文庫
151

土曜美術社出版販売

新・日本現代詩文庫　151　忍城春宣詩集　目次

詩篇

未刊詩集『須走風信』全篇

未刊詩集『須走通信』全篇

未刊詩集『峠越え』全篇

未刊詩集『猟犬チビに捧ぐる詩《うた》63』全篇

＊

解説

詩篇

未刊詩集『須走風信』全篇

沢あかり

水面《みのも》が
薄闇に
仄《ほの》かに耀《かがよ》い
白い大蛇が
ぬたくるように
鱗がきらぎら光っている

しよしよと
糸を縒《よ》るような
せせらぎが届き
岸辺では
風もないのに

風知草《かぜしりぐさ》がゆれていた

やまざとの童《わらべ》らが
水飛沫《みずしぶき》にぬれながら
飛び石を跳ねている
その童らも
一人減り　ふたあり減りして
とうとう誰もいなくなった

沢あかりのなかで
山女釣りだけが竿を振りまわし
怪しく踊っている
水皺《みなじわ》に
夕月がたゆたい　夕月に
釣り糸が引っ掛かっている

風虫《かざむし》

我が家の
筋向いの
冬青林《そよごばやし》で
　沁《し》み沁み
　沁みみみ
唱っている

耳をすませば
そこかしこで
篠笛のような
忍音《しのびね》が
日没どきの空方《そらざま》を
旋回《さすら》っている

心哀《うらがな》しい
震音《トレモロ》を
奏でながら
　母を知らぬか
　父を知らぬか
咽《むせ》び泣いている

垣根の群雀《むらすずめ》が
毛糸玉のように
かたよせ合って
風虫の声音《こわね》に
怯《おび》えている

囲炉裏に座って
凝《じ》っと目を閉じ
押し黙ったままのわたしに
　顔見せよ

顔見せよ
と泣き曦《じゃく》る

沁み沁み
沁みみみ

声を嗄らして
泣き追《せ》まる

小夜時雨《さよしぐれ》

さとから消えた
おんなを追うな
　さよさよ
　さよよよ
慮《おもんばか》っている

雪に埋もれた
猟師を救え
　さよさよ
　さよよよ
疾《はし》っている

富嶽《やま》からもどらぬ
強力《ごうりき》探せ
　さよさよ
　さよよよ
唸っている

屋根たたく
雪のつぶての小夜時雨
対《む》かいの峰の端《は》に
おぼろな細い月が
ちょっきり懸っている

庭の
梅の
蕾が
まだ固いのに
匂うている

片時雨

九十九折《つづらおり》の
山小屋の灯が
一つ消え　二《ふた》つ消え
とうとうぜんぶ消え
ことしも登山がおわった

赤茶けた
かわらけ月に照らされた
でぶっちょな
布袋《ほてい》富士が
こんやは無性にさむしそう

浅間さんの
閉山太鼓が
とおくで泣いている
鬼火のような
火群《ほむら》が
闇夜に立っている

森の中の
演習場から
竹蜻蛉《たけとんぼ》のような
戦闘ヘリが　一機
鳥居を掠めて

飛び発った
塾がえりの子どもらが
耳をふさいでいる

登山者が
いなくなった尾根を
　さわさわ
さわざわ
片時雨が
疾る

郷《さと》時雨

枯木を杖に
膝小僧が痛むのか
片足をひきずりながら

顔を強張《こわば》らせた老爺《ろうや》が
林道を下りてきた

いったん
止んでいた時雨が
申し分けなさそうに
老爺のあとを　しそしそ
ゆっくりついてくる

老爺はなんとか
最終バスに間に合いそうだ
郷時雨が　雨脚をとめ
バスが通り過ぎるのを
停留所の手前でずっと待っている

早蕨《さわらび》の萌え出づる
草原の向こうで

鼻っぱしらの強い
威丈高富士が杉花粉にむせて
でっかいくしゃみをしている

郷氷雨《さとひさめ》

横なぐりの
みぞれまじりの
雨風が
だんだん
勢いを増し
集落を叩いていく

いちだんと
激しくなり
沢の岸辺には
白い波頭が砕けている
小魚を銜《くわ》えた翡翠《かわせみ》が
柳の太枝を掠めて
崖の巣穴へと逃げ込んだ

向こうの
草原は
まだ晴れ渡っている
　ワシは世界遺産だ
自慢げにあたりかまわず
地響き立てながら
富士が左右に体ゆらしている
脚速《あしばや》な
氷雨が
そちらに向きを変え
疾ったので

忽《たちま》ち　富士も
ぐっしょり濡れるだろう

霖雨《ながあめ》（泣き虫地蔵）

須走はけさから
雲海に沈んでいる
ＮＨＫの天気予報では
「所により雨」とある
所とは山塊《さんかい》が連らなった
この峠の集落を指すのか

一ど降りだしたら
なかなか止まない霖雨だ
こんな雨の日には
富士山だって
厚い笠をかぶったまま
じっとがまんしている

籠坂峠の分れ道を
ちょっぴり過ぎたあたりに
石仏が祀《まつ》られている
石仏もぐっしょりぬれて
泣いてばかりいるので
泣き虫地蔵とよばれている

可哀相だからといって
登山者《ハイカー》は
片手拝みをする

驟《はし》り雨《あめ》

驟り雨で
水かさを増した
沢の中州に腰までつかって
落鮎をたもで掬う

生い茂った
葦の淀みに鴨がすべり
思い出したように水を弾《は》ねている
浅瀬の凹みに
きらぎら蠢《うごめ》くのは
雑魚《ざこ》か　細石《さざれいし》
けものの白骨《しらほね》か

腰に手をあてがい
背を伸ばすと
ま向かいの低い雲間に
薄い糸切歯のような
夕月が疾っていた

山襞《やまひだ》に陽炎《かぎろい》が立ち
刃物のような夕陽が
山の端に暮れあぐんでいる

凍《こご》えぬうちに
早く河鹿沢を下ろう
掬いあげた落鮎を
じゅっくり囲炉裏に炙《あぶ》って
こんやはとっておきの
辛口の地酒を舐めよう

須走雨

Ⅰ

夜半
　ほと
　ほと
熟柿《じゆくし》が落ちる音で
目が醒《さ》める
窓を開けるが
庭の柿の実はついている
ふたたび夜具にもぐり込む

　ほと　ほと
が
　ほた　ほた
に変わる
目蓋《まぶた》をゆっくり開けて
障子戸の紙のやぶれ目から
外をのぞくが
音の姿が見えない

　ほた　ほた
が
　ほど　ほど
に変わる
にわかに激しくなって
目を閉じたまま
ふとんをかぶって夜明けを待つ

早朝　音は止み
近くで沢水が溢れていた
碧藻《あおも》が鯔《ぼら》のようにゆらゆら揺れ
わたしの迷いもすっかり洗い流された

須走雨　Ⅱ

浅間さんの小流れが
店先を蛇のように
ゆっくり躊躇《ためら》いながら
陽炎《かげろう》の踊る眼鏡橋まで
せせらいでいる

四方山に囲まれた
小さなまちの縁日の露店で
絵葉書一組を買う
ひょんな旅で出会った
昔のひとによく似たそのひとに
翌朝　手紙と一緒に贈り届けるために

神社の朱い太鼓橋のたもとで
子どもらが一つにかたまって
明日の遠足の天気を占い
鳥居の笠木に向け
色とりどりの靴をとばしている

空高くとばされた
靴の先の　向《むか》つ嶺《お》に
夕陽が淡く座っている
重ね雲が　幾重にも
富士の頂上《てっぺん》を取巻きだした
明日は雨　雨だ

斑雪《はだれゆき》

道路の
吹き溜まりで

銀杏落葉《いちょう》が
　からから
音をたてている

公園の小川の
枯葦《かれあし》の中から
浮寝鳥が　一羽
水尾《みお》を引き
川面《かわも》をゆっくりすべり出てきた

どこからやってきたのか
うす汚れた手拭いで
頬かぶりしたお薦《こも》さんが
公園わきのお堂に
ひとり身を寄せている

口元が
童《わらべ》に似ていてあどけなく
木の実のような小さな
澄んだ眸《ひとみ》が光っている
若いお薦さんだ

火の気のない
冷え込みが強《きつ》いお堂の片隅で
膝小僧抱いて
何やらこむずかしい
横文字本を繰《く》っている

雲が重く
垂れ籠めた
年の瀬空から
　しみしみ　しみ
白いものが舞い落ちてきた

あ、
斑
雪

沫雪《あわゆき》

薄暗い
かわたれ空の
あちらこちらに
ふわり
ふうわり
浮遊しながら
斜交《はすか》いに　逆しまに
遊んでいる

窓硝子に
すべり落ちぬよう
しがみついている
が　すぐに溶けてしまう

そっと窓を開けると
何と綿虫《わたむし》のような
雪花が　明け空に
ちそ
ちそそ
戯《たわぶ》れているではないか

昨夜《ゆんべ》から
一睡もせず
梶井基次郎を読み惚けていたわたし
富嶽の頂《いただき》から

闇夜を縫って　沫雪が
寝不足のわたしに
逢いにきてくれたのだ

山の端に
まだ　朝陽は
眠っている

名残り雪

木の葉をゆらす
風は途絶えたが
なぜか気が塞いでならない
読みさしの藤沢周平を閉じ
炬燵を離れる

猫がにたりと笑うに似た
買物籠を下げた金壺眼《かなつぼまなこ》の老女が
首を肩に埋ずめ
腕に梅の小枝を抱えて
窓際のわたしを流し目に表をゆく

外はよく晴れていたのに
いつの間にか夕闇が濃くなっている
なんと淡くて白いものが
　はらはら　はら
降り落ちてくる
積もることはない名残りの雪だ

墨絵霞みの
裏山の雑木林に
痩せた朧月《おぼろづき》が絡《から》んでいる
急いでがたびしの背戸を閉め

今夜は早めの風呂を焚く

雪待ち港

外があんまり明るいので
硝子戸のカーテンを引くと
庭には雪が降り積もっていて
長勾配の下り坂から
遠くの峰々までが
白く光っていた

近くの竹藪では
雪の重みで真竹が
幾本も折れ曲がり
道路をふさぎ
車輛が立往生している
目をぱちくりさせていた
交差点の点滅信号も
雪でくぐもり目を閉じている
ほたほた　降り積もった
重い雪は水を含んでいるので
すぐに溶けてしまうだろう

集落には細いみちが
何本も家々の庭まで
木の根の如く蔓延《はびこ》っている
蔓延った縄のような
細いみちを手繰ると
幅広な太い二本の道路に合流する
一本は富士登山道
も一本は甲斐のくにへの九十九《つづら》折《おり》

籠坂峠から
大雪を積んだ観光バスが
須走の道の駅に
何台も一気に滑り下りてきた
雪待ち港に入港する
帆船《はんせん》だ

天空のまち

限りなく澄んだ
富嶽の空を
　ちむ　ちむ
雪虫がとび交い
茜雲の垣間《かいま》から
　はら　はら

うすらまばらに
斑雪が遊び

　そく　そく　そく
歩道を傘が　ひとがゆき
雪を積んだ車輛が
籠坂峠を滑ってくる

天の川を
攩網《たも》で掬《すく》えそうな
天空のちっちゃなまち
須走

満天の星が
あまりにたくさん降るので
甲斐へのみちを
迷いそう

風花のまち

よこに
ななめに
さかさまに
綿虫のような
小さな真っ白な
蝶蝶が舞っている
まだ孵化が始まって
いないのに飛んでいる

ちほ　ちほ
　ちふ　ちふ
舞い降りては
木々の葉にとまっている
あまりにたくさん舞い降りるので

写真を撮ろうと
庭先に立つと
なんと一片の雲もない
山峡《やまかい》の澄み渡った空に
揺蕩っていたのは　風花

富士を仰ぐと
てっぺんに積もった雪が
すっかり赤茶けた
地肌に変っている
強風が積雪を
撒き散らしていたのだ

　ちふ　ちふ
ちほ　ちほ
　　ちふちほほ
風花がわたしを玩《もてあそ》ぶ

富士にいちばんちかいまち

雲海のまち

霧が
逆巻く
雲海に
鯨の群れが
波しぶきをあげ
浮き沈みしている

と
見紛う
一握りの
山襞のさと　須走
霧が晴れ

あ、富士山が
道路のまんなかに
どかっと
かえってきた

あちらでも
こちらの歩道でも
一斉に
おとなたちの
あいさつがとび交い
車の窓から
笑顔が
手が振られている

学校から帰った
日焼けした子どもらが
浅間さんの境内で

黍魚子《きびなご》のように
とび跳ねている

近づくと
地元の誰もが
雲のにおいがする

群青のまち

茜雲の
滑り台に乗って
群青富士が
天空から
一気に駿河湾に向かって
船出する
日没どき

船客となって
船旅をしたくなる
茜雲の端につかまって
天人になってみたくなる
いちどは雲の揺り籠に乗ってみたくなるまち
旅びとも　地元のだれもが
一緒に群青に染まるひととき

大人も　子どもも
他所《よそ》びとも　地元衆も
みんな細長くて恰好のいい
足長おじさんにしてもらえる
そんな日暮れどき

赤い鬼灯《ほおずき》富士を指差し
一斉に歓声をあげ

合掌するいっときだ

群青富士

ナナカマドの林が
夕陽に赤々と燃え
銀狐が駆けるように
薄《すすき》の花穂が波打ち

茜空をたかだかと
蜉蝣《かげろう》が舞い
米をまいたように
白雲《しらぐも》が棚引き

登山道に立ち
耳をすませば

ふじあざみの実が
しみしみと爆《は》ぜる

演習所の
鉄条網の中で
富士が砲弾をあび
立っている

赤肌の　群青富士が
あああ
おおおお　おお
泣いている

須走富士

北斎の富士は

海ばかり
須走の富士は
空ばかり

硝子戸に息を吹きかけ
富士に向かって
笠雲と　吊し雲と
飛行機雲を描いてみる

これで須走の空が
やっと賑やかになった
窓を押し開くと
風花がわたしの頬をなぶる

軒先の洗濯物を
片付けながら
綴《つづ》り途中の詩の一行を
富士の右肩に添えてみる

ひとり唄

陽はとうに
おちたのに
ゆうやみが地団駄ふんで
なかなか昏《く》れない

坂径の左手空に
茜雲を小脇に抱えた
大鷲富士が
黄金《こがね》の翼を拡げ飛翔《とび》立とうとしている

みちなりに
だんだら坂を辿ると

とつぜん　富士は
林の陰にかくれてしまった

急勾配を登り詰めると
こんどは胡桃岳の向かいの野っぱらに
どうだとばかりに紅ほっぺの赤富士が
どでかい図体を現した

すすきの穂綿《ほわた》のなかで
だれかが
澄んだ低い声で
うたっている

きらきら　きらきら
銀鱗のように煌めきながら
谷間を滑りおりていくのは
登山者の　ひとり唄

雲霧神社

夕霧岳の
すぐ脇参道を
猟師と勢子がせかせか登っていく
四、五頭の猟犬が後を追い

苔むした鳥居の
笠木が風に鳴り
それをおちょぼ口の日雀《ひがら》の群れが
高い金切り声で上手にまねている

峰風に押し流された
笠雲の切れ端が
宝永山の凹みに
しっかりつかまっている

道に迷った登山者が
猟師に連れられ
霧が逆巻く
熊笹のなかから戻ってきた

疲れ果てた登山者は
こんやは狩宿に泊って
じっくり寝かせたあの甘口の
麓の地酒をご馳走になるだろう

長鳴き鳥　I

翻筋斗《もんどり》打って
転倒ばかりするわたしが
富嶽の杜まで逃れてくると
必ず雲間から
ピヘロロ
ピヘロロ
出迎える

わたしにしか見えない
わたしにしか声かけしない
草臥《くたびれ》た衣《ころも》のような
もののけ羽根の
長鳴き鳥だ

ピヘロロ
ピヘロロ
ピヘロロロ
わたしに山頂まで
登れ　登れと唄っている

月まで届け
星まで届け
と調子外れの
嗄《しわが》れ声の
長鳴き鳥だ

長鳴き鳥 Ⅱ

いまにも雪が落ちそうな
冷え曇った空に風が唸っている
そのぶあつい低い雲の間《あわい》を
破れた双翼を宙に浮かべながら
年枯れ声音《こわね》の長鳴き鳥が
一羽　弧を描いている

五合目の
雲霧神社の
裾廻《すそみ》古道を
独り　彷徨うわたしの
あたまを掠めて

ひよろろ
ひよろろ
ひよろろろろ
（このみちは
危ないから
私《あたし》についてきなさい）

影富士の
遥か　彼方《あなた》の
霞隠れに
眉月《まゆづき》が滲《にじ》んでいる

長鳴き鳥　III

六合目の
崖に坐って
影富士を描いていると
とつぜん雲間から
風袋のような巨きな塊《かたまり》が
　ケロウ
　ケロウ
鳴きながら
わたしの目の前に舞い降りた

恐れおののきながら
岩陰に軀《み》をすくめると
　怖くない　こわくない
大丈夫　だいじょうぶ
　ケロウ　ケロウ
やさしく唄いながら
茜の　天空に
飛翔《とび》立った

両翼が
数畳《じょう》もあろうほどの
絹のようで
嫋《たお》やかな　忍び音《ね》霞《がすみ》の
長鳴き鳥よ

長鳴き鳥　IV

牧場で
遊ぶ馬の瞳が
青空のように

澄んだ昼さがり

胸をそらし
くちばしを突き出し
つばさを左右後方に広げ
崖の上から山頂に向って
ゆったりと羽ばたきながら
下界を見下ろしている

富士の山肌に
ことしも忽然と現れ
雪を喰っては
　キュエッ
キュエッ　キュレレレレレ
目玉で円を描きながら
鳴いている

奴の一鳴きが
岳南平野の
苗代を潤し
豊作を招くのだ

地元では
この長鳴き鳥を
お鳥さまとか
富《ふ》嶽鳥《がくどり》とか
よんでいる

長鳴き鳥　V

夕闇の庭で
南天が真っ赤な
重い実を垂れている

月の光が座敷の奥まで
青白い影を投げ入れ
沢霧が畳の上を這っている

ケョリリ
ケョリリ

近くの鎮守の杜で
夜っぴて鳴くのは
鵺《ぬえ》と見紛う長鳴き鳥だ
親爺《おやじい》　親爺　………

わたしをよんでいる

萎《しな》びた凹目を
きょとんと目開き
笹笛のような
掠《かす》れた舌鼓《したつづみ》を打ちながら
わたしを招いている

ケョリリ
ケョリリ
ケョリリリ
か細い音声《おんじょう》で
いま少し　も少し
いっしょに生きようよ
って唄っている

両翼が
ボロボロによぼくれて
雨がふっても何の役にもたたなくなった
もう遠くまで飛べなくなった
ああ　わたしと同《おな》い歳の
うらびれ老音《おいね》の長鳴き鳥が
遥かな渡りから還ってきた

富士蟬

さわさわ
鳴いている
しゅくしゅく
呼んでいる
はたはた
唄っている

谷の向かいの
沢の林で
あちらの丘の
森の梢で
朝昼晩と
奏でている

さわさわ
しゅくしゅく
はたはた
ことしも
生れてきたよと
告げている

梅時雨《つゆしぐれ》が
まだ匂うている
手向け橋への脇参道
川面にひたひたと浮く
精霊舟を追いながら
富士蟬の眸《ひとみ》が潤んでいる

富士螢　Ⅰ

月が烟《けぶ》って
夕霧ただよう
めがね橋のたもと
けものみちを
鹿の母子が
せかせかとゆく

雪解け匂う水路《みずみち》で
子どもらが　螢火を
手で掬うのを
旅籠《はたご》屋の窓辺から
旅の女が　目を細め
追っている

精霊が　螢となって
郷に帰ってくるのだ
土地の古老が言っていた
細い〳〵帯引く　富士螢

富士螢　Ⅱ

夕霧薄れた
胡桃沢《くるみざわ》の溜りに
仄かな光の玉が
舞い上がる

とめどもなく
青白い無数の小粒玉が
沢より湧き出して
闇空に浮いている

生命《いのち》を振り絞って
光の粒を点滅させながら
斜めに　横に　逆さになって
踊って　跳ねて　遊んでいる

山紫陽花《ヤマアジサイ》が咲き薫る
湧水せせらぐ沢の路
光の帯に誘われて
おとぎのくにに迷いそう

富士螢　Ⅲ

精進川の堰のふちで
供物や灯籠を川に流す大人に交って
幼な児が自分の供えた人形に掌《て》を合わせている

すぐ川下で　浴衣娘が
沢波に揉まれて流れてきたその人形を
指差し大声を上げている
盆休みに帰郷した女子大生だ

ついこないだまで
まだ少女とばかり思っていたのに
すっかり大人になった彼女は
須走富士に遭いたくて
昨日の夕方　地元《さと》へ帰ってきたのだ

近くで子どもの父親の声がする
　危ないぞ　走るな　落ちるな
浴衣娘が土手のわたしを振り向いて微笑む
咄嗟に古木の枝に手をかけながら
わたしは彼女の視線から目を背ける

霧が逆巻く闇空に
青白い光が幾筋も交叉する
あ、富士螢

富士森青蛙

ボガァ
　ボガァ
ゲボゥ
　ゲボゥ

雨季に入ると
ことしも森の中から
彼らが産まれた我が家の池に
ぞろぞろ　ぞろぞろ帰ってきて
鯉や金魚を脅《おびや》かす

池のふちを跳ねながら
蛇に出合うと
蛇の頭にいきなり飛び乗ったと思いきや
素早く木の枝に飛び移る身の軽やかさ

樹枝に産みつけた卵塊《らんかい》が
無事に孵《ふ》化《か》して
池の鯉に食われぬよう
凝っと見守る雄森青蛙

雌蛙ときたら
ちゃっかり雄に子育てまかせて
木の枝で次の産卵に備える算段だ

ボガァ
ボガァ

ゲボゥ
ゲボゥ

フジギツネ

昨夜からの吹雪で
家に閉じ込められているせいか
薪のいぶりで顔はほてって真っ赤だ
暖炉の焚口に坐って膝小僧を抱く
外の物音で顔を上げると
犬が軒下で雪の止むのを待っているのが
ガラス越しに見える

尖った大きな耳がぴんと立ち
やせた中型のシェパードに似るが
首輪は見当たらない
野犬がこんな遠い山里に
迷い込んでくるはずはない
太くて長い尾っぽが地面に伸びている
キツネだ！

さきおとといの午さがり
ながっちりな客を
バス停まで見送った帰り途
わたしが河鹿橋を渡りきるのを
欄干《てすり》の影でウサギをくわえたまま
ずっと見ていたあの　コウ〳〵と鳴く
後ろ肢の不揃いなフジギツネだ

老猿

折り重なった

朴の枝陰に
口を引き結んで
何を耐えているのか
涙を滲ませているのか
木洩れ陽に眸《め》が潤んでいる

枝には木の実が
もう付いていないのに
降りやまぬ雪のなかで
何を食っていたのか
長《おさ》を奪われ
群れから放れた老い猿

双眼鏡で
野鳥を探す
わたしの動きを
彼の眸が追ってくる

林道に
闇が這っている
食いかけの恵方巻きを
切り株に置いて
そっと林道を下る

富士蝙蝠

馬追《すいっちょ》舞う草叢で
すっくと頭をもたげる深紫《ふかむらさき》の小花一輪
わたしの足元を這う一株の可憐な蔓竜胆《つるりんどう》だ
すぐ隣に真っ赤な鈴薔薇《すずばら》が小さな実をゆらしてい
る

小粒の秋茱萸《あきぐみ》を頰張りながら

柴犬《しばいぬ》二頭と須走高原で遊ぶ
一瞬　夕霧が立ち　虫時雨の野分に
わたしと相棒の足跡だけがわだちに刻まれ
近くの鎮守の杜の梢から　一声《ひとこえ》
百舌《もず》の高鳴きが届く

富士山が世界遺産に登録されてから
高原を行き交う他県の車輌が随分増えた
弁当の食べ殻やペットボトルが草の茂みに放置さ
　れ
用足しでもしたのか臭いが鼻を衝く

高原から須走街道に戻る
郵便局前の自動車工場のトタン屋根が
ぎらぎら夕陽を弾《はじ》き
赤茶爛《あかちゃただ》れの屋根の先っぽで
嘴太鴉《はしふとがらす》の番《つがい》が道路に並べた胡桃《くるみ》をじっと見据えて
　いる
車輌に胡桃の毬《いが》を割らせて中実を喰う算段だ

夕餉の香り漂う薄暮の街に
買物籠を片手に老爺の甲高い声が響く
　あぶにゃあから　急ぐんじゃあにゃあ
孫と手をつないだ長い影が重なり
仄暗い枝道に吸い込まれていく

信号機近くの廃屋の軒先から
矢のような塊《かたまり》が羽搏きながら
わたしを掠めて飛び立った
富士蝙蝠だ

時鳥《ホトトギス》　Ⅰ

捩《ねじ》り飴《あめ》のような
太い驟《はし》り雨が
尾根をたたき
水嵩《みずかさ》ました沢筋を
けものたちが足すべらせながら
芝草を食んでいる

崖の階《きざはし》で
草を食む幽かな音が
雨脚を縫って
谷襞《たにひだ》に沁み渡る
驟り雨が
糸雨《いとさめ》に変わり
ようやく止んだ

雨除け小屋から
とびでてきた農爺《のうや》
なにもなかったかのように
わさび田に腰まで浸り
渓流に足すくわれながら
わさびの茎を抜いている

沢霧にくぐもる
農爺の顔を掠め
時鳥が　卯《う》の花陰から
忍音《しのびね》残して飛び立った

時鳥　Ⅱ

我が家の庭の大樹に

時鳥がぶじに帰ってきた
去年の梅雨寒の朝
ゆずり葉の樹のてっぺんに
釣り糸で宙吊りになって
ひどく弱っていたのを助けた
あのときの時鳥が
今年は子どもを連れて戻ってきた

太枝に梯子をかけ
釣り糸を解いてやると
何度も　宙に弧を描き
調子っぱずれの歌をおみやげに残しながら
うすもや空の彼方に飛び立っていった
あの時鳥がすっかり元気になって
遠い国から　母子連れで
渡ってきたのだ

わたしが二階の窓から
指笛で合図を送ると
時鳥は枝の茂みで
わたしを素早く見つけ
とっておきのあの訛り歌を
得意になって奏でたのだ
両手で耳をふさぐわたしなど
まったくおかまいなしに

一緒に渡ってきた郭公《かっこう》が
近くの山で時鳥を呼んでいる
時鳥が山に向かって応えている
　チョックラ待ッテテチョウ
　チョックラ待ッテテチョウ

郭公

けさも早くから
庭の栃の木の先っぽで啼く
時鳥におこされる
窓越しの若葉肌の須走山脈《アルプス》が
梅雨の晴れ間にくっきり浮き
その物いわぬまばゆいばかりの
高嶺をしげしげと軒先から仰ぐ

九十九折の林道を
別荘の修繕に向かうちっこい軽トラが
しょこしょこうねりくねり
懸命に山に駆け上がるのを
双眼鏡でめっけたりするのは
よほどひまのわたしぐらいだ

週末は　ひとも自転車も
まちへ買い出しに下る自動車も
朝から集落を忙しそうにひた走っている

もうすぐ十日遅れの
待ちに待った山開きだというのに
てっぺんに雪をのっけた
富士山が憮然として
東を向いたまま押し黙っている
籠坂峠で昨日《きのう》の郭公がわたしを呼んでいる

馬の瞳

牧場の森に
時鳥が騒がしく啼き
台風と一緒に飛来してきた

ウスバキトンボの群れが
草の穂に羽を休めていた

アジサイの茎の下で
三毛猫が居眠りをし
柵の隙間から入った鹿の親子が
板戸の開いた倉庫から
馬の餌を盗喰いしていた

新築したばかりの
山小屋のテラスから
家の中に朝日が注ぎ
毛布や蒲団が幸せそうに
屋根の上でふくらんでいる

先週の土曜の午後
栗毛馬の大きな澄んだ瞳に
夕陽が浮いていた
わたしがその馬を探していると
牧場主がやってきて
「わしが可愛がっていた老馬が
昨夜の雷に打たれて死んだ」という

馬が埋められたばかりの
牧草地の盛り土に
ヤマユリを手向け
わたしは林道をくだる

須走牛蒡《ごぼう》（フジアザミ）

早朝
重い頭《こうべ》を一斉に
富士山に向けて一礼する

おはようございますのあいさつが
風に乗って高原のすみずみから
ふとんのなかのわたしの耳もとまでも届く

カーテンの隙間から
外をのぞくと
わが家の庭の猫よけに植えた彼女たちも
風もないのに頭をゆらし
富士山に向かってニコニコおじぎしている

野球玉ほどの頭を左右に振っては
高原や峠を行くハイカーに話しかけたり
登山者が富士山を背に
彼女と一緒に写真を撮るのが
あちらこちらにみえる

影富士が
裾野まで長く延びた日没を合図に
富士山《おやま》に深々と頭を垂れる
高原に咲く足長で可憐な彼女たち
おやすみなさいのあいさつしてから
こむらさきの大きな瞳を
一斉に閉じる富士乙女《アザミ》

猟師

Ⅰ

火の気のない狩小屋は
隙間風が吹込み
じっとしていると
歯の根が噛み合わぬほど
カチカチ鳴る

軀を温めるために

茶碗になみなみついだ酒を
一息に喉に流し込む

床にしゃがんで
掃き出し口から　外をのぞくと
小屋のまわりで　四、五頭
雌鹿が笹を食んでいるではないか
今　木戸を開け銃をかまえたら
獲物を逃がしてしまう

歯音が鹿に気づかれぬよう
まず軀の震えを静めよう
口の欠けた茶碗に
そっと地酒を注ぐ

猟師

Ⅱ

鉈《なた》で先を刮《こそ》いだ串に
今朝釣った黒斑《くろまだら》の山女を刺し
塩をまぶして炉のまわりに並べる
山椒味噌をこってりぬった握り飯を
金網で焙《あぶ》ってから頬張る

煤けた天井の垂木から
金具の自在鉤と洋灯《ランプ》が垂れ
狩小屋の太い曲った梁《はり》には
山の神と荒神様を祀って
手前に盃が供えてある

忘れた頃に刻《とき》を打つ
振子がまめに動いて

猟師は相槌を打つ
囲炉裏のなかで薪がはぜる

髭口を喘《あえ》がせながら
筒口《つつぐち》を手入れする爺さん
板戸に耳をあて　風足を聴く
明日こそは霧も晴れ
鹿猟ができるだろう

土間の隅で
尾っぽを鼻にあて大欠伸する
丸くなった二頭の猟犬

猟師　Ⅲ

囲炉裏に胡坐《あぐら》をかき
冷やをコップになみなみ注ぎ
膝に頬杖を突きながら
コップに溢れた満月を
喉に一気にすべり落とす
酒を断ってすでにひさしいので
心臓が面食らっている
怒ってはげしく脈打っている

狩渡橋《かりわどばし》で釣り上げた岩魚に
塩をふりかけ遠火で炙《あぶ》ったのを
炊きたてのコシヒカリにのせる
岩を噛む谷川の下流から
いくつもの堰を飛び越え
山里にやっと泳ぎついた傷だらけの岩魚が
今こうして茶碗の中から
爺さんをじっと見ている
爺さんも箸を置き

腕を組み彼を見ている

屋根裏から吊るされた
煤けた鯉の自在鉤が
湿った沢風に揺れ
炉端が急に暗くなった
窓の向こうの崖から落ちる水音が
昨夜ふった水かさのせいか
いつもとちがって騒がしい
爺さんはふと立ち上がり
茶碗の中の岩魚を手の平に乗せ
掃き出し窓から
そっと谷川にもどしてあげる

未刊詩集『須走通信』全篇

窓

丘の上に
アトリエが完成したら
そこに大きな窓を付け
涼やかな高原のまちを飾ろう

二つ目の窓ガラスには
淡くて薄い絵の具を
刷毛《はけ》でさっと走らせ
風船みたいな帆船《ほぶね》を浮かべよう

三つ目の
額縁窓には

お澄まし顔の
富士山を納めよう

その富士山《おやま》の肩から
滑り落ちる夕陽に向かって
わたしは懇《ねんご》ろに
掌《て》を合わせよう

週末

山のホテルの二階の喫茶室《カフェー》で
窓に凭れて　お代り珈琲《モカ》を啜る
評判のカステーラにナイフを入れ
セロニアス・モンクの甘い弾き語りを聞きながら
プラチナの胸飾りをつけた人形に
スリッパを履き替えさせる主人《マスター》の
パイプ煙草のけむりがさみしがる週末

遠くの山鳴りが窓に木霊し
わたしの閉ざされた瞼の底に
しくしくと細雪のしずく黄昏

窓の下を赤い靴下を濡らし
くるくると傘がゆく
——女よ　顔をお見せよ

呑みほす

高原の喫茶店《カフェ》で
支配人《マスター》の弾き語りを聴いていると
グラスに富士山の山小屋の灯が浮いていた

思わず呑みほしてしまう
帰り道　浅間さんの近くの屋台で
なみなみつがれたコップ酒に
こんどは天の川が揺れていた
つまみといっしょに喉越しよく
星々も一気に呑みほしてしまう

須走通信

彼岸明けのしののめ空に
初冠雪のにょっぽり富士が
茜に燃えている
山襞《やまひだ》の里　須走からは
雲海に沈むみくりやのまちが
今朝は雲の中
こちらでは稲刈りがはじまり
背中を丸めたおじいさんと
おばあさんが腰に手をあてがい
稲子をさがしています
あちらこちらで
もみがらを焼く香ばしい煙が立ち
あぜみちに咲く曼珠沙華が
煙にむせてひどく咳き込んでいる
おはぎを頬張りながら
思わずわたしも咳き込んでしまう
お富士《やま》の右傾《なだ》りに　いわし雲が揺蕩い
そこから高原に涼しい風がおりてきて
秋の気配がみちてきました
避暑にきていた赤蜻蛉《あかとんぼ》の群れが
尾花に羽根を休めていて
これから一斉に平地へ戻るところです
蜻蛉の目玉に富士山がさむしそうに映っている
渡りをあきらめたのか　近くの谷川沿いで

途切れ〳〵な弱々しい声で
コマドリの番《つがい》が鳴いている
ずうっとさっきから子連れ鹿が
野辺のわたしをつかず離れず追って
稲架間《はざま》からずっとこちらをうかがっている
相棒の二頭の猟犬もまだ気づいていない
富士高原では月しずくにぬれながら
虫たちがにぎやかにすだいて
そぞろ寒の日々が続いています

山里夕景 Ⅰ

眼鏡橋に立って
耳をすますと
浅間さんの滝音が届く
青鷺が　滝壺に入って
水面《みのも》に浮かぶ糸のような夕月を
小魚とまちがえてつついている

茜空まで続く一本の
九十九折の籠坂峠の林道を
夕陽をいっぱい積んだ乗合バスが
汗だくになって甲州路を登っていく

高原のまちの歩道いっぱいに
富士桜のような
女子生徒たちの笑顔が弾けている

都会から赴任してきたばかりの
買物籠を下げたハイカラな
お姉さん先生の後を追い
歩道を跳ねて華やぐ生徒たち

日曜日だというのに
富士山のどてっぱらに砲弾を打ち込む炸裂音と
戦闘ヘリやオスプレイの離着陸する轟音が
須走高原東富士演習所から鳴り響く

生徒たちの宿題は済んだのか
もうすぐ高嶺から涼しい風が下りてきて
山里の短い夏休みが終わる

山里夕景　Ⅱ

赤蜻蛉の大群が
編隊を組み　一斉に
富士高原を
里へと降りてゆく

読みさしの文庫本をふせて
さやかな光差す小窓をあける
軒先に白く可憐な
五弁の木槿《むくげ》がそよと揺れ
ああ　どこか遠くで
子どもたちがうたっている

陽はとうに落ちたのに
空は茜に高く澄み　夕鳥が旋回《すら》い
富嶽の風は聖らかだ
みどりの丘の小さな赤屋根の
ひなびた集会場の窓辺から
かすかに讃美歌《レクイエム》が届く

やがて子どもたちの合唱《コーラス》が
はじけた笑い声に変わる
昏れていく杜の薄らあかりの

山の端《は》から途方もなくでっかい
十六夜《いざよい》が訝《いぶか》りながら
眠たげに籠坂峠を渡ってゆく

山里夕景　Ⅲ

アキアカネの群れが
高原の空を赤く染め
尾花がこわがって
頭をかかえている

丘のレストランの
庭の黄花秋桜も
ずうっとさっきから
顔を伏せたままだ

尾根伝いに
竹トンボのような
ヘリコプターが　一機
アキアカネと一緒になって
山の斜面であそんでいる

どこかで
　しゅわあ
　しゅわあ
晩蟬《おそぜみ》が鳴いている
近くの鎮守の杜の高枝《ほつえ》から
百舌《もず》の初音《はつね》が届く

草原では　影富士が
早くも高いびきだ

山里夕景　Ⅳ

家々の前の水路で
女が野菜を洗っている
風鈴売りの軽自動車が
遠慮勝ちにゆっくりそばを通り抜け
細面《ほそおもて》のらっきょう顔の旅の男が
宿の暖簾をくぐる

須走中学校庭に
夕立が置き忘れていった
水溜りをひょいと覗くと
白い富士の先っぽが揺れている
棒切れを地に突きながら
真っ赤に日焼けした登山者が
バスの時刻表を片手に
登山道をかけ下りてきた

夏休みの宿題か　攩網《たも》をかついだ
トンボ採りの少年の長い影が
道路のまんなかで飛び跳ねている
途方もなくでっかい夕陽が
空を赤茶爛《あかちゃただ》れに焼きながら
山向こうに真っ逆さまに転げ落ちた
宝永山の近くの山小屋に
間も無く一番灯が点るだろう

山里夕景　Ⅴ

川面にたちこめた陽炎《かげろう》が
夕靄《ゆうもや》に戸惑い行き場を失っている
沢沿いを咳きこむように四輪駆動車が

砂埃を従えて登山道を喘ぎあえぎ登ってゆく

わたしは河畔で冷たい沢風に当たりながら
釣り人が捨て去った天蚕糸《てぐす》と浮子《うき》を拾い
急いで竿をたたむ　クヌギ林の向こうから
祭り囃子の笛と太鼓が
小波のように寄せてくる

竿を小脇に大通りから
低い軒を連ねる筋に入ると
陽の沈むのを待ちあぐねた子どもたちが
一斉に露地ににうずくまって花火に火をつける

商店街のいなせな半被姿の若旦那が
同じ花柄の半被を着た幼な児を
ひょいと肩車に乗せ
浅間さんの石段を上ってゆく

山里夕景

Ⅵ

山里が小粒の富士桜で埋めつくされる前に遅咲き梅があわてて花をつけたのか、庭に甘い薫りがただよっている。

渡ってきたばかりのクロツグミのつがいが池のふちにまいたパンクズをついばんでいる。

二坪ほどの古池に冬眠から目覚めたばかりの山蛙が鯉に足をかまれて悲鳴をあげている。

買い出しから帰宅すると隣の家の老爺《ろうや》が、垣根越しに野仏のように池のなかをじっとのぞいているではないか。

森の奥では演習部隊が富士山に砲弾を打ち込み谺《こだま》を招《よ》んでいる。時折、戦闘ヘリから細い紐を伝って蜘蛛のようにするすると降りてくる隊員。

山里暮景　Ⅰ

木の葉舞う
ちょうちん坂で街灯が
月雫に濡れながら
瞳をぱちくりさせている

店蔵から　自転車で
注文の地酒を届けに
ペダル踏む少年の白い息

買物袋を下げ
大門跡に立つ
わたしの小腹を鳴らすのは
夕餉にさんま焼く一本の煙

湧水が甘く薫る
手繰橋《たぐるばし》のたもと
乾草《ほしぐさ》に冷たい夜露がおりて
往き交う車輛のライトが靄《もや》っている

地元の老爺が
赤い実のついたガマズミの小枝と
ススキの穂を手に
夕闇の岨道《そばみち》を下りてきた

老爺の後ろで
黒富士が大欠伸する

山里暮景　Ⅱ

暮れなずむ

人通りも消えた精進川のほとり
尾根から　ポンチョを被った
泥まみれの隊列が下りてきた
戦場から帰還した
兵士と見まがう
陸上自衛隊の演習部隊だ

蛇行する暴れ川の
眼鏡橋を渡り終えると
重い軍靴が一斉に列を整え
駐屯地に整然と帰っていく
低く垂れこめた空に鳴り響く喇叭《らっぱ》

墨絵ぼかしの
雲の切れ間を
半欠け月が奔《はし》っていた
仕事からの帰り路

信号機手前の歩道で
親を探す仔鹿と擦れちがう

山里暮景　Ⅲ

富士を背に
仲よく居並ぶ
須走小中学校の
放課後の校庭
子どもたちの歓声が
ガラスの破片のように
キラギラ青空に反射している

立山《たちやま》から滝雲が湧き
ちいさな霧のまちが
夜の帳《とばり》につつまれる

近くに働きにでていた車が
いっせいに山峡《やまかい》に帰ってきた

人も車もあまり渡らない
まちの最初にできた交差点
信号機だけが夜空を染め
無愛想に点滅している

車が途絶えると
毎夜　同じ時刻に
高台の林から精進川の水辺に
堰《せき》を切ったように鹿の群れが下りてくる
時折　山車《だんじり》のように
交差点を一気に駆け抜けるのは
猪《シシ》の大家族《うからやから》だ

闇富士は
見て見ぬふりのだんまりをきめ
今夜も高いびき

山里暮景　Ⅳ

午後になると
早々と夕暮れが迫り
低い屋根と屋根の間の
雲の動きを見上げながら
夕餉の支度を急ぐ主婦たち

バス停近くの
宿の二階の手摺で
一枚の雑巾が
何日もそのまま
日向ぼっこをしている

水量《みずかさ》を増し
靄《もや》が立ち籠めた
精進川の堰のたまりで
赤い斑点の魚が
葦につかまってじっと動かない

森の演習場で響動《とよも》す砲弾が
薄暮の白い山脈に閉ざされた
峠の町の空を激しく揺すっている

籠坂峠を何時《いつ》下ってくるか分からない
バスを待つわたしの足もとで
群れを外れた一羽の鶫《つぐみ》が
雪を蹴散らし枯草の実を食んでいる

幅広の真っ白い雲を一本引きながら
飛行機が音もなく尾根の遥か向こうを
真っ逆さまに滑り落ちていく

山里暮景　V

雪がやみ、四辻《よつつじ》の吹きだまりに薄ら陽が射し、風花の舞う浅葱《あさぎ》空に夕鳥の群れが羽音を立て旋回《さすら》っている。山の端の雲間に赤い枯葉月が浮いている。

浅間さん近くの旧登山道わきの空地に、すすけたみかん色のディーゼルカーが軋みながら停まる。車から降りたしるしばんてんの男たちの笑い声が街灯の下ではじけ、拾い集めた枯木を燃え盛る焚火にくべる。あたりの夕闇がだんだん濃くなって人通りが途絶えてから、人夫の若手の一人が残り火を消して飯場へと急いだ。慣れない仕事に疲れた彼はわずかな酒に酔って泥のように眠った。
こんやは闇富士も立っていない。

山里暮景　Ⅵ

十日おくれの
山開きのせいか
そこらじゅうであがっていた
花火がことしはなかった
ちょっくらちょっと
浅間さんに立ちよろうとする
旅のものもいない

いやに高くて速い旋律《メロディ》に
踊る地元衆も少なく
霧が逆巻く櫓《やぐら》のかげで
一かたまりの輪が小さく動いていた
それでも浅間さん広場で
一人だけ　おそくまで
太鼓をやけにたたく男

待ち草臥《くたび》れた　半月が
ねむたげに奔っていた
高原には
ススキの穂が顔をだし
精霊蜻蛉も舞っている
お盆がすぎると
ああ　もうはやばやと
須走の夏がゆく

オスプレイ

東雲《しののめ》のわずかな
薄明かりの空方《そらざま》に
ちらちら　ちららら
一本　陽炎《かぎろい》が立ち
低く厚い雲が垂れ籠めていた
雨気を孕《はら》んだ生温い
富士颪《おろし》に足をすくわれながら
山門をくぐる
石地蔵の真新しい赤い涎掛《よだれか》けが
小旗のようにはためいている
近くの家の勝手窓から
味噌汁の甘い薫りがこぼれて
小腹が一鳴きする
境内の神木に目を向けると
杉木立にさわさわ　さわわわ
霧時雨が疾っていた
お天道さまはもう何日も昇っていない
アキアカネ舞う
四方　山に囲まれた
このちいさなひとかたまりの
静かな須走集落上空を
近くの米軍キャンプ富士を飛び立った
新型機オスプレイが編隊を組み
爆音を撒き散らし
今日も悠然と旋回している
住民の反対運動もよそに

占い師

孫と公園に忘れたボールを取りにいく

塾通いの少年や　夕刊配りのおじさん
買物籠を下げたご婦人が
わたしと孫を足早に追い越していく

公園に戻ると
さっきまで木洩れ陽拾いをしていた
占い師が　ベンチに深く凭れて
己が手を凝っと見ている

夜になると　町の信号機の近くに立つ
あまり手相は当たらないが
句をひねるのが　とても上手な
初老の旅の占い師だ

わたしを見ると
猫足でそっと歩み寄って
　今日はよく当たるから
　見て進ぜよう
と宣う

生温かい風が
黄花コスモスを揺らす
角っこに郵便局のある
富嶽の杜の公園

須走花火

ひとにぎりの
ちっちゃなまちで
ことしも待ちに待った
日本一　ちっこい
花火大会が始まった

わずかな時間に
数えるほどの大輪が
一斉に　闇空で
絡《から》みあい

何千何万の
赤ちゃんの光の手の平が
バイバイしながら
散っていく

星空を焦《こ》がさぬよう
月影を壊さぬよう
眠り富士を目覚めさせぬよう
気づかいながら

あ

うさぎが月から
花火にむせて
とびだした

今日はオスプレイの飛来や
戦闘ヘリの爆音がしない
戦車もまちを走らない
歩行者天国だ

大人が一人で担《かつ》げそうな
富士山草履御輿《わらじみこし》が
商店街を子どもたちに担がれて
押し合いへし合い練り歩く

ああ　今夜は
みんなの願いがこめられた
山里の　年に一度の
花火の打ち揚げ祭《さい》だ

須走劇場

宿題わすれて
先生に叱られた生徒も
よくできてほめられた子どもも
一緒くたになって
広い杜の公園で遊んでいる

なかなか顔をみせない老爺が
このときだけはこっそり公園にやってきて
むかしのチャンバラごっこを
子どもたちに教えている

紙芝居でもみるような
おもしろおかしい
老爺の話にうなずきながら
子どもらのどの顔も
みなしんけんで生き生きしている

打ち合わせが終わると
いよいよ舞台は本番だ
枯木刀《がたな》を腰にさし
敵味方に別れて散っていく

敵方に切られても
地面にうつ伏せに倒れなくてもいい
腕に刀疵《かたなきず》を負って泣く者もいない
やられたら地面にしゃがみこむだけだ

頭にふろしきぶくろをかぶった鞍馬天狗や
片目の刀疵の丹下左膳　国定忠治
武蔵や佐々木小次郎もいる

老爺監督は
平成の子らを相手に
演出に苦労しながら　楽しんでいる
なにせ明日《あした》も杜の公園須走劇場で
忍者時代劇を演ぜねばならぬから

須走みち

Ⅰ

車輌が多い道路では
鹿の母子《おやこ》が横断できなくて
立往生している

点滅信号が
目をパチクリさせながら
さあ　お行きの合図をするが
鹿の母子は気づかない

昼の月が
車の少ない夜になってから
道路を渡りなさいと言っている
月の声も彼らには届かない

仕方なさそうに
母子は歩道のわきを
浅間さんの杜に帰っていく

富士山が　道路を
どっかと塞《ふさ》ぐ
須走みち

須走みち　Ⅱ

郵便局ちかくの
扇通りを歩いていると
忘れていたひとの顔が
にゅっと出てくる

思い出せない女《ひと》に出合い
あたまをかしげながらふりむくと
むこうもあたまをかしげながら
こちらを見ている
角を曲がってから
お互いに肩をすくめて含み笑いをする

昔とちっともかわらない
顔に出合うと
ほんとうにうれしくなる
須走みち

須走びと

夕刻まで
山仕事から帰らない近所のおっちゃんも
近くのまちへ働きにでているお人好しの青年も
だまされてもすぐに人を信じる
留守番のおばあさんも
お客から身の上話をされるともらい泣きしたり
ときには金子《きんす》まで与えてしまうお人好しの商店の
　老夫婦も
バスで高校に下る双子の学生たちも
学校から帰るとよく遊ぶ子どもらも
託児所にあずけられた甘えん坊も

近づくと
みなだれもが
富士山のにおいがする

影富士

高原の駅を
教会を　校舎を
療養所を　集会場を
尾根を　稜線を
一呑みしながら

まだほかに
呑み込むものはないかと
めくじらたてながら

数キロにも及ぶ
巨大な怪魚と
みまがうほどの影富士が
雲海を遊泳している

黒富士　I

ばかでっかい
胡猱《とど》のお化けのような

真っ黒なマントに
身を包んだ巨大な怪物
闇夜に突っ立っている

あ奴は
深夜にだけしか

姿を現わさぬ
物の怪だ

黒富士　Ⅱ

外に出るのを見あわせ
部屋にちぢこまって
天井を眺めていると
雪のほうが今夜は
気をきかせてやんでくれた

凍りついた窓を
無理矢理押しあけると
満天の星空に図体ばかりがでっかい
黒富士がにょっぽり浮いている
こ奴め　わたしの部屋を
こっそり覗いていたのだ

黒富士　Ⅲ

丘の中腹で
工事中の大型クレーンが
夕月にひっかかったまま
宙吊りになっている

レスキュー隊が
その長く延びたクレーンの影梯子を伝って
空中の操縦室にいる
オペレーターの救出を試みるが
なかなかうまく攀《よ》じ上れない

黒富士が

心配そうに見ている

紅富士

早朝　車を走らせていると
頭にベニジャケを載せた
ふっくらおいしそうな紅富士があらわれる
お腹がなる
車を止め急いでコンビニに入る
おむすびがない
まちのぜんぶのスーパーをまわるが
どこの店頭でも
むすびが消えている
きのうまでは陳列棚に
あれほどあふれていたのに
富士山に雪が積もりだすと
こうも早くおむすびが売り切れてしまうとは……
あきらめてフジノミヤ焼きそばを買って帰る

赤富士

夕飯どき
となりの別荘の
二階の窓から
子どもがさわぎたてている

富士山《おやま》が
火事だ〳〵
燃えている

どこからも
サイレンが聞こえないし

まちの消防車も
出動していない

夏休みが終わり
都会に帰る日まで
となりの別荘の少年は
ああして赤富士をみて
まいにち　さわぐのか

逆立ち富士

保育園児の
元気なかたまりが
歩道の水たまりを
コウモリ傘で突ついていた

校庭では
にぎやかな小学生が
雨あがりの水たまりを
写生していた

中学の男子生徒が
ぼくにもできるといって
自分の逆立ちを
水たまりにほこらしげに写している

となりのお姉さんが
水たまりでお化粧なおしをしながら
水富士にニッコリ笑って
行ってきます　のごあいさつ

辻向かいのお兄さんが
勤めの行き帰りに

バス停の水富士に向かって
含み笑いをしながら
最敬礼

地元衆は　水溜りに
どっかとあぐらをかいた
おすましさんを
逆立ち富士とか
軽業《かるわざ》富士とよんでいる

少年と鯉

空から逃げだした
鯉のぼりが　池のなかで
金魚と一緒に泳いでいる
子どもが竹竿で釣り上げようとするが
餌にはなかなか食いつかない
だまされない

父親がタモですくおうとするが
水を呑んでふくらんだ鯉は
あまりに重すぎて
とうとう網がやぶれてしまった
こ奴め　池に浮かぶ
富士山までも呑み込むなんて

翌朝早く
母親の大声でとびおきた少年は
空を見上げると
きのう　のぼり竿から
逃げたはずの鯉が
風をおいしそうに呑みながら
はたはたと蒼空を泳いでいるではないか

昨夜《ゆんべ》　よっぴて
泣きじゃくる少年の声を聞き
池の鯉は夜中にこっそり
空に帰ってきたのだ

少年

公園広場で、子どもたちがゆるい傾斜に雪を積み上げ、その上から板スキーに乗って芋虫のように滑り降りしている。板スキーを使わない子どもの尻がぐっしょり濡れている。

大人の背丈ほどもある雪山の途中から、ひっくり返った町外れの少年が、べそをかきしゃくり上げ鉄棒に独りもたれている。

公園広場の入口で母親たちが子どもの名前を呼んでいる。子どもも仲間に手を振って一人消え、二《ふた》人《あり》消えして家路に向かう。静まり返った公園に電灯が点った。

夕餉の焼き魚と煮付けの薫りが漂ってきた。自転車にまたがった巡回中のお巡りさんが、白い息を弾ませながら駐在所にもどっていく。

雪がいっそう激しく降り出した。雪山はだんだん膨れてでっかい饅頭笠になった。太い木の陰から子供が一人、雪山に近づき、雪の滑り台に手をかけるが滑ろうともしない。さっき転倒した少年だ。公園の入口で仕事帰りの少年の母親が子どもの名前を呼んでいる。少年は片足を痛そうに引きずり母の声のほうに息せききって走っていく。泣きながら。

水神様《みずがみさま》

精進川の浅瀬が青ダタミのように木漏れ陽を浴び
水皺《みなじわ》を作って流れている。わたしは堰のたもとの
深みに釣り糸を垂れていた。と、そのとき淵の川
面《かわづら》をど太い木の根のような大人の背丈ほどの蛇
が、鎌首をもたげ軀をくねらせながらこちら岸に
泳ぎついた。
口に魚を銜《くわ》えた水蛇は岸辺に立つわたしの股間《こかん》を
悠然と潜《くぐ》って草叢に消えた。古老に聞いていた精
進川に棲む深緑《ふかみどり》の水神様だ
「わしがガキの頃、あの淵で毎年何人も溺れて
死んだ。村の衆も釣り人もあすこだけには近寄
らない」と――。
水神の淵で金縛りになったまま息を止め岩のよう
に固まってしまったわたし。釣竿をたたむや一目
散に息急き切って段だら坂を駆け上がり、沢を滑
り落ちようやっと蟬しぐれのなかをわが家に転が
り込む。上がり框《がまち》に座ったまましばらく息を弾ま
せ目を閉じる。わたしに戯《じゃ》れ付く二頭の柴犬《しばいぬ》の甘《あま》
嚙《が》みを許しながら。

月と遊ぶ

そぞら寒の大きすぎる月が
二階の屋根ごしに浮いている

そんなに豊かに
満ち足りたお前さんも
いずれ細く欠けて
無月になるんだよ

そうひとり言《ご》ちながら
一句を詠み
木の間隠れの月を翫《もてあそ》ぶ

坂下の駄菓子屋の
おばあちゃんちから
団子一皿買ってきて
ススキと芋酒を月に供える
とっておきの地酒を舐めながら

栗饅頭に指で穴をあけ
でっかい月を覗いてみる
中秋の夕べ

糸月

尾根から　にょっこり
顔を出したばかりの糸月が
柿の木に引っ掛かったまま
泣いている

泣きながら
熟柿をすすっている
すすりながら木をゆすって
助けを求めている

崖の上まで
わたしには手が届かない
急いで梯子をかけたが
まだ届かない

まもなく日の出だ
ああ
早く助けねば　救わねば
お月さまが溶けてしまう

鬼灯《ほおずき》

浅間さんの
脇参道の合歓《ねむ》の木陰で
連れ仲間を待ちながら
老女が数人

根株に
行儀よく腰を並べ
湯中《ゆあた》りを
夕風に晒《さら》している

湯場の
売店で
友人からもらった鬼灯を
唇で翫びながら

火の玉のような
でっかい夕陽が
老女の唇と戯《たわぶ》れている
朱い鬼灯を真似て

お富士《やま》の
左肩に出たり
入ったり
遊んでいる

陽だまり

瓦ぶき屋根の
ひさしがかたむき
トタンで補修した
狭い店先
おばあさんが
丸椅子にすわって
店番をしている
猫が足もとの陽だまりで
置物のように寝ている
昔ながらの商品を
昔ながらの数少ない客に売ることで
おばあさんは
生業《なりわい》を立てている
若いふうふは外のまちに
働きに出ている

鬢《びん》のほつれに

日蓮の弟子の鎌倉武士、四条金吾が開基したとされる甲斐のくに、入船寺の墓所の石段を上がる。浅葱《あさぎ》の空に丸や四角の石を積み上げた五輪塔が生前の金吾の如く威風堂々とそびえている。二つの長い影がしばらく塔を見上げたまま動かない。庫裏《くり》の向こうの白雪富士に落ちる夕陽は蜜柑のようで実に可愛《かわゆ》い。一緒に手を合わせたのにまだ軀《からだ》を折っている妻の鬢のほつれに白いものが増えたようだ。石地蔵のように目を伏せたまま動かない妻の鬢を川風が嬲《なぶ》る。

白い花

梅雨寒の暮れ刻
風に運ばれてきた風船が
人魂《ひとだま》のように長屋の溝を流れていく
ゆるい坂道

民家の軒先に
赤ちゃんの手の平に似た
白い花が闇に浮いていた
通い慣れたみちのはずだが
満開になるまで気づかなかった
花の名前は知らない
知らないままでいい

いま目に映ったこの悦びを
これから駅で落ち合う
友に伝えるために
新たな言葉を
探せばいいのだから

わたしみち

雪解け水で溢れる
精進川の石橋を
棒切れを片手に
やっとのこと渡る
温んだ風に誘われながら

土手の枯草のなかに
菜の花や土筆がのぞく
しゃがみこみ　あたりをうかがい

芽吹いたばかりのスカンポに
そっと話しかける　昼さがり

未明の雨の
わすれものが　無数
登山道に光っている
小石につまずき
水たまりの富士を踏んでしまう

あちらこちらを
遠まわりして
転《まろ》び踏みはずした
わたしの　傷跡は
今日まで数えきれない

ことしこそ
元気になる居場所づくりに
はげんではみたものの
ああ　もう
半年がすぎた　わたしみち

もいちど歩いてみる

峠の一本ケヤキでバスを降りる。サイカチ林の向こうで取り澄ました富士が鈍色空《にびいろぞら》に媚《こび》を売っている。絵葉書で見なれた顔よりずっとずうっとでかい。切りたった山あいからほんの少し、わたしに笑顔を見せたがすぐに雲にかくれてしまった。近くで野焼きをするのか煙が数本立っている。

鎌倉古道を手繰り、わさび田を左手に精進橋を渡る。見返り坂を辿り人影のない消防署と交番をのぞきながら低い家並《やなみ》のまちに入る。屋根に草のはえた家から少年がホウロウ鍋を手にとび出てきた。仏頂面の魚売りは店仕舞いをはじめるが、残りの小魚をぜんぶ少年の鍋に入れた。そう、ぜんぶ入れた。

バスで初めてわたしが降りた今住む須走のまちを、もいちど数十年ぶりにリュックを背負い歩いてみる。左富士を仰ぎながらくまなくゆっくり歩いてみる。腹這いになって登山道に耳をあてがい富士の息遣いもきいてみる。あの日と同《おんな》じように富士の腕《かいな》にいだかれながら。

浅間さんのエゾオオヤマザクラが、今しかない、今しかないと境内いっぱいに燃え誇っている。

身支度

羽虫が電灯のまわりに輪を描いている。白い瀬戸物の傘の内側に羽根を休めようとしては滑り落ち、落ちてはまた同じしくじりを繰り返している。扇風機が小刻みに首を振りながら、部屋の淀んだ蒸し暑さを掻き回している。昼の疲れで眠れるはずなのに、今夜はなかなか眠られずに文庫本を閉じる。羽音だけが走っている。茶の間の柱時計が二時を打つ。

夜風を入れようと窓を開けると、富士山の頂上に向かって何本もうねりくねり燈《あかり》が灯《とぼ》っている。そうだ、今日は山開きだ。今から富士《おやま》に登れば夕刻には帰宅できよう。身支度を急ぐ。

旧登山道　Ⅰ

粉雪まじりの時雨《しぐれ》が砂礫《スコリア》をまきあげ、氷のつぶての塊りが顔を打ち、ほほに痛みが突き刺さる。から松もはい松も白樺も岳樺も、皮をはがされたまま身じろぎもしない。その幹のなかの虫をついばむ鳥は、いま岩かげで羽を休めている。

若い男女が乗った四輪駆動車が砂けむりをあげ旧登山道を下ってきた。墨絵霞みの富士を仰ぎながら彼らに快く道をゆずった老夫婦。日焼けした笑顔にやさしい眼差しがこぼれている。

下山途中に出会ったその夫婦のよびかけにわたしは元気をもらって答える。

「日本一の美しい山ですって」「いや、魔性の山ですよ！」「雪と風と氷が削り出した匠《たくみ》の山ですって」「いやそれは、ほんのよそいきのほほえみですよ。登山者を何人も呑みこんだ富士《やつ》は怒りを研ぎ澄ました魔物です！」

旧登山道 Ⅱ

白い巻泡を立てて流れる精進川の淵にぽつんと置き忘れられたような一軒宿がある。その脇に深い草に埋もれた旧登山道が隠れている。

白衣の行者姿の一塊《ひとかたまり》がその登山道を腰を折って登っていく。登山バスに乗り遅れたわたしは東京から来たという富士講の後を追う。

二合目手前の馬返しまで登ると、幾筋もの細い渓流が木の根に絡《から》み、小気味よい瀬音を立てて岩間を滑っている。近くの沢では登山者に気づいたカッコウとツツドリが声を嗄《か》らして迷惑そうに騒ぎ立てていた。

焼け砂を踏み締めながら、太い赤松の混った雑木林の急勾配を抜けると、登山道から外れた脇道に板張りの狩小屋が立っていた。鍵のない板戸をそ

っと押し開けると、床板に鹿皮を無造作に敷き、
猟銃を枕許に顎鬚の猟師が高いびきをかいてい
た。
狩小屋の板戸をそっと閉め登山道に戻るが、岩壁《いわかべ》
のそそり立つ出鼻で道を迷ってしまう。目の前に
はばかでっかい富士山が笠雲に閉じ籠められて息
苦しそうにもがいている。
土器色《かわらけいろ》のずんぐり太った夕月が申し訳なさそうに
角取山《つのとりやま》の影から顔を出す。八合目の宿へは宵の口
に着かねば、明朝、御来光を拝むには到底無理だ。

御師《おんし》＊の宿

昨夜の鉄砲水が
登山道を走り
押し流された流木に
塞がれた道路が
途中で断れていた

切り立った崖を
沢伝いに径を手繰り
山襞にうずくまる隠れ宿を
半年ぶりに訪れる

冷えびえとした
軋み廊下を渡って
むかし富士講行者に使われた
板壁の小さな仕切り部屋に通される
網戸に透きとおる羽根をふるわせ
一匹　蟬が細い声で今際《いまわ》を鳴いていた

主が三枚橋の堰で
釣り上げた山女の塩焼きが

一尾　根わさびをまくらに
膳の片隅によこたわっている

もう一枚の素焼皿には
腹に味噌を詰められた岩魚が
これも目を剝き
天井を見据えていた

窓枠いっぱいの富士の肩に
夕陽が凭れていて動かない
軒先に蝙蝠が飛び交い
蚊柱を散らす　御師の宿

＊御師　富士山信仰の講社の祈禱・登山案内・宿泊を業とする人の総称。江戸から明治時代にかけて盛んであった。「おし」「おんし」とも云う。須走には御師の宿が十七、軒を連ねていた。

赤茶けた写真

鬱蒼と茂った駒止め松の林を通り抜けると梨ノ木平湧水池の堤の丘に、七、八軒の山師の粗末な掘っ立て小屋が建っていた。小屋の前で焚火が青白い煙を上げている。火に掛けられた大鍋から湯気がもうもうと立っている。

農婦の一人が煮え滾《たぎ》る蓋を外し大きな杓文字《しゃもじ》を入れ掻き回していた。芋や葱・ニンニク、摘みたての椎茸や野菜をたっぷり入れた味噌仕立ての芋煮鍋だ。

子どもたちが空き地に敷かれた茣蓙《ござ》に座り、茶碗の山盛り飯を口に運んでいる。芝生の褥《しとね》に車座になった日雇《ひやとい》たちには、賄《まかな》い婦が芋煮汁を入れたどんぶりや箸を配っていた。

椎茸林の畝のまんなかで、手拭いを姐さん被りにした娘が、山襞に木霊する母親の美声に合わせ、須走レンゲツツジ踊りを艶やかに舞っている。人夫の一人が握り飯を頰張りながら箸で茶碗の縁をたたき、他の男衆は踊り娘《こ》に向かって合いの手をいれ囃し立てていた。

踊り終わると丸顔の娘は頰を真っ赤に染め、逃げるように焚火のそばに走り寄った。背後に腹を空かした、しかめっつらのどでかい富士が肩を震わせ笑っている。

古老の家の縁先でお茶をご馳走になりながら、わたしは一枚の赤茶けた写真を拝見する。父親の膝頭に座ったはな垂れ小僧の顔に飯粒がくっついているのが、目の前にいる古老だ。

須走豪雪

真っ白な鋸歯《のこぎりば》がそそり立つ須走山脈《アルプス》。精進川の清流も凍りついたのか水音さえ聞こえない。低い家並がフォークを入れない生菓子《ケーキ》のように立ち並んでいる。

旅籠屋の広い庭にけものたちの足跡が……。築山の石灯籠のかげには梅もどきの赤い実が、小鳥に見つからぬよう小枝にしがみついている。

白夜を旅する県外ナンバーの車輛が、わだちにはまり何台も放置されている。道路にはいくつも小山ができていてそれとわかる。

大人の背丈ほど積もった県道の雪を、雪達磨のようなポンチョを被った自衛隊員が、大型除雪車で深夜遅くまで作業を続けている。今日で四日目だ。

逗子に住む友人から食糧を送ったからと三日前に

電話があったが、道路が不通のためそれもまだ届かない。報道ヘリコプターが集落上空を一日中けたたましく旋回している。低い曇天《どんてん》からは今日もお天道様《てんと》は顔を見せてくれない。

平成26年2月9日「須走豪雪」と日記にしるす。

暴れ川

東のかわたれ空が白みはじめた。まだ辺りは青黒い暗闇の中に身を沈めている。ふだんの穏やかな流れとは打って変わり、白い牙を剝き出し、堤防に食らいつく濁流。

いつもは水面に富士を浮べてはやさしさを装うが、一度怒ったら手が負えず、奴の鎮まるのを待つしかない。富士の雄姿など糞喰らえの暴れ川だ。

濁流は砂利や岩石だけでなく樹木までも押し流し、ブルドーザーが川底で何台も地響き立てて掘削作業をしているようだ。

川上で旅客が橋から落ちたと宿の主が騒ぎ立てている。流木につかまって水面に浮き沈む男を目で追うだけで誰も手を出せない。

大木にしがみつく男に消防団員がロープを投げたが、虚ろ目の彼はロープを手繰ろうともしない。堰の袂《たもと》で女が目を押さえ悲鳴を上げ男の名前を叫ぶが、轟轟と唸る水音に消され男には声は届かない。

流木はゆっくり水中で何度も回転している。今度こそ枝が水面に出たら男の姿はないだろう。岸辺で野次馬が蟻のように右往左往と蠢いている。

台風九号が去った翌日、わたしは朝刊を恐るおそるめくる。昨日、押し流された旅客の記事などどこにも見当たらない。

平成二十二年九月八日、小山町を襲った未曽有の台風九号は、多くの河川、集落と集落を結ぶいくつもの道路を分断し、立ち去った。

泣き虫

駅からの帰りみち
雨ではないのに
頬がぬれている
そっと指でぬぐう

友に電話する
なかなか電話に出ない
ようやっと出るが
溜息だけで
返事がない

声をつまらせていて
しゃくりあげているようだ
そっと受話器をおく
彼も泣いている

泣くがいい
詩人は
みな泣き虫だ
泣き虫だから
詩人なのかも知れない

泣くでない
泣かなければ
必ず良い詩が書けるから
なんてわたしには言えない

泊まり歩く

暮れなずむ
白い夾竹桃《きょうちくとう》の花咲く
無人駅のホームを降りる
小さくなった背中に大きなリュックが
やっと似合う齢《よわい》になった
亡き義兄《あに》のお下がりの
薄い縞模様の開襟シャツを着て
年に一度の姉たちの家を泊まり歩く
好物だったひとへの手向けの果物を提げて

リュックの中にはあと二人の義兄の
形見の二着が入っている
つましく暮らす姉たちを訪ねて
明日は沼津の端の片浜の町へ
あさっては北品川の姉の家に行こう
この一年間に綴った詩と一緒に
わたしが初秋の風に吹かれてやってくるのを
姉たちは首を長くして待っている

〈文庫本をポケットに
ことしも泊まり歩く〉
と日記に記す

訪問

表札に書かれた家を
午後遅くになって
やっと探し当て
門をくぐり木戸を入る
敷石には打ち水がされていて

数歩で玄関に着く
「いらっしゃいませ」
涼やかな瞳の折り目正しい
深い笑みをたたえた夫人に
応接間に案内される
六十年ぶりに再会する中学の同窓生である
娘さんのだという濃い赤地に
更紗模様のワンピースがよく似合っている

お下げ髪の少女と
はにかみ坊主の少年が
ブランコに揺れている
赤茶けたそんな写真を夫人に見せる
ぼくには言いたいことが山ほどある
が、いまはもう言えない

遊季庭〈かわ嶋〉I

客は箸を取るのをやめて
ちょっくら聞き耳を立てる
赤子でも泣いているのだろうか

今日も富岳の杜から飛んできて
築山のブナの葉陰で
ひいよ　ひよよよ
哀しい掠れた声で

老舗の若おかみが
ソクソクソクと蕎麦を切る
ひいよ　ひよよよ
林の奥で緑鳩《あおばと》が啼く

富士のふところに抱かれた
かわ嶋湧水仕込みの手ごね蕎麦をすする
　ソクソクソク　ひよよよ
妙《たえ》なる双つの調べを聞きながら
蒸籠《せいろう》二枚を流し込む

遊季庭の小川の渡《と》月橋《げつばし》のたもと
夕風の吹き溜まる木漏れ日庵で
食後　わたしはおかみの手酌で
とっておきの地酒を舐める

遊季庭〈かわ嶋〉Ⅱ

手水鉢《ちょうずばち》の陰に
撫子《なでしこ》の淡い紅花が
みっつ　よっつ　いつつ…

薄緑の草蜉蝣《くさかげろう》が
透きとおった羽をきらめかせ
撫子にたわむれかかる

西陽に照らされた
〈かわ嶋〉の庭の石畳に
太い蚊柱が空たかくうず巻き立ち
河鹿なく池の水面《みなも》に木漏れ日が
古いシネマのように　しらしらしらと
まばゆいばかりに降りそそぐ

こんなふうに安らいで
庭の草花をながめることができるのは
この老舗の蕎麦打ち職人　おかみで
詩人の白石かほりのさそいによるものだ

ほんのり赤らんだ

ニレケヤキの小枝が
時折　はなれの部屋の
窓ガラスをたたき
草叢でジョウビタキが
　爺《じじ》イー　爺イー
とわたしをよぶ

昨夜《ゆうべ》は長旅に疲れはて
泥のように昼過ぎまでねむってしまった
わたしのからだを慮《おもんばか》って
おかみが庵《いおり》まではこんでくれた
新蕎麦の甘い薫りに目がしらをぬぐう

常宿〈ゐびすや旅館〉 I

伊豆長岡の奥古奈は茜空が高く晴れ渡り、狩野川の夕風が少しだけ吹いて、何処からか芙蓉の甘い花の薫りが漂っていた。わたしはひどく疲れていた。

切り立ち山に抱かれた常宿、ゐびすや旅館の美人おかみから案内された離れの部屋には入らず、足早に湯場に向かう。旅客はわたしだけであった。

板敷湯場の枝折戸を開くと、色づいたカエデの葉が何枚も足に纏《まと》わりつく。湯船の縁に坐って、虫の音と、竹樋《たけとい》をすべる湯音を聞きながら、しばらくわたしは目を閉じていた。クヌギ林の奥で鵺《ぬえ》が一鳴きする。

――奥古奈の郷の山中には甲冑の武者《つわもの》の霊が彷徨い、このゐびすやは物の怪伝説の館である。と、おかみから聞いてはいるが、まだ一度も出会ってはいない。咳一つして、わたしはゆっくり首まで湯船に沈む。蟹のように露天風呂の中を無心に這い回る。石垣に靡《なび》くススキの穂波の隙間から顔を出した夕月がこっそり湯面《ゆづら》を渡る。

常宿〈ゑびすや旅館〉Ⅱ

空のやぶれた隙間から夕陽がこぼれ、釣り針で羽根を傷めたヨシキリが、狩野川の澱みの葦につかまって渡りを諦め鳴いている。上空を仲間の群れが旋回しながら、翔べない彼に向って何度も呼びかけている。小魚を銜《くわ》えた山翡翠《やませみ》が中洲の柳の小枝に止まって、翔べないヨシキリを心配そうに見ている。わたしも堤に坐ってじっと見ている。田方平野はとっぷり暮れてヨシキリはもう鳴かなくなった。渡りの仲間も彼を残して旅立ったのだ。下駄の鼻緒を切らさぬように急いで鄙宿《ひなやど》・ゑびすや旅館に戻る。香ばしいモクズ蟹の吸物と、狩野川の早瀬で主が釣り上げたばかりの、柚子の酸っぱい一滴を垂らした山女の塩焼、それにおかみの夕餉の伊豆の山菜料理がわたしを待っているのだ。

盆を湯船に浮かべ、また今夜も詩の仲間と辛口の地酒を舐めよう。そして河原で遭遇《であ》ったあの傷ついた可哀相なヨシキリのことを懇ろに話して聞かせよう。

信州戸隠村

ねおきいちばんのあさひが
しきいをそぞろにふみながら
まくらもとをとおりがけに
ふとわたしはおこされる
縁先をせせらぎが流れている
ひじかけ窓の障子をあけると

庭師が木戸のむこうで
よくといだ植木ばさみで
木々の手を申しわけなさそうに
丁寧に切りおとしている
そうだ、わたしは戸隠にきている
表の賑わいのとどかぬ庭の奥にある離れで
たったひとりで睡っていたのだ

きのう午後黒姫駅から
戸隠へ乗合《バス》でゆられてくる途中
わたしだけが集落のはずれで下車をする

いちどやりたかった蕎麦摘みを
農夫に無理矢理おねがいして
見よう見真似の半腰になって
手伝わせてもらう
陽がおちてから農夫に案内されたのは
渓谷の長くて細い吊り橋わたり
やっと辿り着いたのがこの鄙びた
こだわり酒造の離れの出で湯の宿だ
根曲がり竹のザルにぼんち盛りされた
ちょうど耳たぶのかたさに麺棒でのした
霧下蕎麦を地酒をそえてご馳走になる

戸隠の郷の昔話を主からききながらわたしは
囲炉裏の部屋でそのまま眠ってしまった
朝食を告げにきた宿の娘とふと眼が合う
彼女は静かに小首を下げると言葉を継がずに
水屋のほうへ消えていった

大和高田路を往く

万葉の山ふところに
いだかれた低き家々

蒼空が川面に揺れ
涼しい瀬音をききながら
先住の同胞《とも》の道案内で
初夏の古都を廻る

どこを歩いてみても
目を合わさずとも
往き交う土地びとから
立ちどまっては挨拶される

崩れた土塀に囲まれ
田畑のなかに威風堂々とたつ
古えの神社仏閣たち
三重五重の塔を拝しながら
遥かな平安の時代《とき》を偲ぶ

橿原《かしはら》神宮前の
駅のホームで
夕陽が二上山の縁《へり》に
転がり落ちるのを指さし
喚声を上げる　六十歳の少女と
我ら七十歳後半の少年たち

乗客のいない駅のホームで
汗まみれの軀を寄せ合い
闇に呑まれ消えゆく電車と
山の陽《ひ》の玉に手を振る

万葉の語り部
旅籠のおかみから
明日香の飯を
何杯もおかわりする

ちっちゃな公園

街並の裏手に
林を縫うように
一本　細い小川が流れていて
淡い陽が水面に揺れている
小川に一枚　木の橋が渡って
小径が山の奥に続いている

散歩の途中
小川の側のちっちゃな公園の
木漏れ日溜りのベンチで
わたしは疲れて一服する
からだを二つ折りにして
足元に目を落とし物欲し気な
萎《しな》びたそんな顔をしていると

近くの家から飛び出してきたご婦人に
　どうかしましたか
と顔をのぞかれる

　どうもしませんよ
勢いよく背筋をぴーんと反らせると
　ここは子供の遊ぶ公園ですから
と言って婦人は幼児の手を引いて
ぷいと公園を出ていった

思い余って

上がり勾配を折れると
吊り革の乗客は
振子時計のように一斉に揺れる
最終バスにやっと間に合った

疲れたわたしの顔が窓ガラスにゆがんで映る

停留所横のトタン葺きの
小さな材木置場に
暗い裸電球が吊ってあり
新しい木の香が窓ガラスの隙間から
バスの中にとびこんでくる

ふと目の前の座席に
家の近くのご夫人を見つける
思わず声をかけようと胸が弾んだが
喉がつかえて何も言えない

後ろからご夫人の顔を
そっと覗き込みながら
気づかれぬよう　わたしは
帽子をまぶかにかぶって
吊り革に吊されたまま
目を閉じる

二つ手前のバス停で
わたしは思い余って
ふうっと下車してしまう
外は猛吹雪だ

紙飛行機

峯風の吹く日
雪見橋の真ん中で
茜空に向け
いやぁなことみんなのっけて
紙飛行機を飛ばす

浅間さんの裏手に
夕陽がまわると
神殿も紙飛行機と
いっしょになって
いま飛び立とうとしている

鳥居の上から
富士山に向って
いやぁなことみんなのっけて

丸い石

精進川の橋の縁で
子供の笑窪のような
木漏れ日が溜っていて
もう仏さまであることを

やめてしまった丸い石が
日向ぼっこをしている

その丸い石に躓《つまず》いて
わたしが橋のまんなかで
膝小僧かかえていると
地の底から冷えが這い上がってきて
無性に悲しくなってしまう

向こう淵で尾っぽの長い
耳を伏せた犬と散歩連れの
中年おんなが木の陰で
口に手を当て薄ら笑いを浮べながら
こちらを窺《うかが》っているではないか

縄跳び

ラクダのパンツに
毛糸帽のお婆さんが
二匹の犬を引き連れ
月見坂を上がってゆく
上がり切った祠の前で
お婆さんは懇ろに
石仏《いしぼとけ》に片手拝みをする

今日はいつもより
ムニャムニャが長い
たったそれだけのことで
犬たちは前肢で土を掻いたり
自分のオシッコを嗅いだり
やきもきしている

お婆さんは曲がった腰を
よっこら立ちあげて
いま来た坂を下ってきた
犬の引きづなが地面について
縄跳びができそうだ

スルメ

ちぎりスルメを
すこしずつ噛って
味のうすくなったのを
縁側から庭の犬に放り投げる

　おいしいなぁ
と言う声と一緒に

奴め　スルメを一気に
飲み込んでしまった

奴の歯を恨めしそうに見ていると
舌を舐めまわしながら
かわゆい二重瞼をパチクリさせ
またスルメをおねだりする

歯並びがしっかり揃っているから
わたしよりまだまだ
ずっと長生きしそうな
わが家の赤毛の柴犬だ

二階の物干し竿の端で
トイレットペーパーのような
薄っぺらな昼の月が
ニタニタ笑っている

牡鹿

たわわに実った柿畑に
破れた麦藁帽子を
まぶかにかぶった案山子《かかし》が
カラスの見張り番をしている

先週　町に嫁いでいった
農家の一人娘が
案山子の唇に引いたど太い口紅が
沈む夕陽にキラリと光る

太刀山《たちやま》の奥深くで
木々の枝がサワザワ激しく揺れる
熊の爪研ぎか　猪のぬたうちか

山の瀬の段々畑のあぜみちで
　イヨヨヨ　イヨヨヨ
牡鹿がさむしく鳴きながら
眸《ひとみ》が潤んでいる

エノキの高枝にひっかかった夕月に
角を突き刺そうとして
群れを離れた牡鹿が
　イヨヨヨ　イヨヨヨ
崖の上でひとりさむしく吠えている

睨《にら》めっこ

豆撒きの鬼の面が売れ残って
鬼の面そっくりの屋台のおじさんが
日がな一日の稼ぎを数えている

屋台の隅っこのコップに入った
目玉の大きい数匹の風船虫が
折り紙を伝わってお客に
お愛想を振りまいている

今朝　飼い主に
家を締め出された猫たちが
浅間さんの石の段々ごとに
居場所を占めて
一日中　日向ぼっこをしている

夕陽が　浅間さんの
向こうにまわると
それを合図のように猫たちは
自分の家の明かりに向かって
ぞろぞろと帰っていく

赤富士がさっきから
売れ残った屋台の赤鬼面と
睨めっこしている

晩景

雨の晴れ間
白い壁を修復する
左官屋の兄さんが
ゆれる足場に腰かけて
ラジカセひびかせながら
鏝《こて》を器用にたたいている

一山向こうの
ふもとの町へ
群青の空高く
大きな虹がかかっているのに
通行人は誰も気づかない

低い屋並が
カルタのように軒を並べ
店の主が庇《ひさし》のテントを
キリキリと巻き上げる音が
日没の山の町に響いてなぜか淋しい

町で一軒きりの
喫茶店の窓から
コーヒーを啜りながら
若い旅の男女が
商店の主が重そうに
テントを巻き上げるのを眺めている

バス停近くの二階屋の
軒につるされた籠の中の小鳥が
止まり木からぽとりと落ちて動かない

リュックを背負った少年が
膝を抱えてバスを待っている
沢風が少年の手に持った時刻表をめくっている
あ、学生服の胸のポケットに
わたしの名前と同《おんな》し名札がついている

未刊詩集『峠越え』全篇

風越峠《かざごえ》

何れの年の
何れの月に

何れの日の
何れの時刻《とき》に

何れのひとが
名づけたか
風越峠

竜胆《りんどう》が一輪
ちりちりり

ゆれている
登山者《ハイカー》が
野帳に雲海を描いている

霧待ち峠

濃霧で戸惑い疲れた
旅の車輛が　霧笛を鳴らし
無数　舫《もや》い船のように
ハザードランプを焚きながら
甲斐路へ向かうのをためらっている
頭に懐中電灯を乗せた
海豚《いるか》の群れが
霧の逆巻く海にただよい
波間から背を出し
もぐり　背を出し
またもぐりを繰り返しているようだ

籠坂の
少し手前の
霧待ち峠

笹百合峠

勾配の強《きつ》い七曲りで
車を降り　峠に立つと
眼下に旅から戻った雲たちが
一緒にかたを寄せあっている

雲たちの旅の癒しに

わが家に眠る楽器《ギタア》をもちだして
高らかに爪弾《つまび》けば
低く垂れ籠めた雲海も
たちまち晴れてくれるだろう

富士山もようやく
機嫌をなおして雲間から
にょっぽり顔を出すだろう
風花が楽器に合わせて
可愛《かわゆ》い遊戯を舞うだろう

一木塚峠

深夜
窓を開けると
手を伸ばせば届きそうな
登山道の山小屋の灯《ひ》が揺れている
灯に誘われ　とうとう
ここまで歩いてきてしまった

手前の
雑木林の小高い丘は
元亀元年（一五七〇年）
武田信玄が深沢城攻めの
作戦を練ったとされる
三味線山だ

月の雫にぬれながら
双眼鏡を片手に
新たな星の名付け親になれるのも
この一木塚峠だ

三味線林に入って

凝っと耳を澄ますと
今も武田軍の馬蹄と
いななきが聴こえてくるそうな

駒止め峠

早朝から
ぶ厚い雲がどんより垂れ籠め
陽が山の稜線を離れるのを待って
旧鎌倉往還のしののめ道を
駒止め峠へと向かう

峠に近づくと
木の枝や木の根によく
シマヘビが絡みついているので
土地びとは誰もこの藪《やぶ》みちを通らない

野鳥も卵や雛を蛇に狙われるので
この辺りには巣を懸けたがらない

峠の古道に腹這い
ずっと目を閉じると
馬が鈴を鳴らし
蹄《ひづめ》を響かせ
いななきながら
峠に近づいてくるのがここでも聴こえる

地元ではこの峠を
馬返しとか　駒止めとよび
ここから先は険しい山道だったから
旅びとは歩いて
甲斐のくにへ向かったのだ

夕月峠

山歩きの
おとなが数人
峠の木株に腰かけ
まだ出ぬ月を待っている

ようやく
雲のすきまから
淡い一条の光がこぼれ
山端から昇ったばかりの月に
かんせいを上げている
あかい大きな臼月《うすづき》に
手を合わせる登山者《ハイカー》もいる

月に見送られて
須走のまちへ下るのも
甲斐のくにへ向かうのも
大人の足なら一息だ

熊笹を押し分け
森の寝息をききながら　この峠の
お月さまの顔を見にやってくるだけで
だれもがやさしい大人になれる

喧嘩の絶えない夫婦をつれて
仲人さんがこの峠の月を拝ませたら
すぐに仲直りをしたそうな
駐在さんが男にこの月を見せたら
ぜんぶ白状したそうな

ああ　だれもが
みんな素直になれる

夕月峠

籠坂峠

残雪の矢《や》筈山《はずやま》から
緩《ゆる》い起伏を繰り返す
鎌倉古道に沿って
甲斐口の籠坂を辿ると
尾根の先端には
駿河湾が煙っていた

峰向こうに夕陽が落ち
富士に笠雲が懸かった　と思いきや
瞬《また》く間《た》に横殴りの時雨が
さわざわと尾根を叩き
逃げ場を失った鹿の親子が
ブナの大樹の下に
身を寄せていた

一足先に近くの洞穴に雨宿る
わたしに気付いた母鹿が見て見ぬふりして
小鹿の背中を舐めている
稲妻が　雷鳴が
演習場の砲声に負けじと
森を揺るがす籠坂峠

大尾根峠

双眼鏡をめぐらすと
蛇塚わきの旧鎌倉街道を
道が途切れているのに
登山者が大勢歩いていた

休日ではないのに
道の駅の駐車場は満車で
バス停の駒止めの松から
夕月公園辺りまで渋滞している

霞立つ大尾根に
須走温泉の湯煙りが
低く棚引き　道路向かいの
梨の平古戦場のゴルフ場では
赤い帽子のゴルファーが何度も空振りしていた

権現さん近くの集会場から
富嶽太鼓とお囃子《はやし》が
風に吹き上げられて峠まで届く
官舎近くの農家の畑で
鶏が畝をつついている

遥か彼方
緩やかな弧《こ》を描き
駿河湾が光っている

若葉山に陽が落ちるまでに
須走のまちをしっかり描こう
道の駅で買ったむすびを
根株に坐って頬張りながら

アザミ峠

先日《こないだ》の豪雨で
土石流に呑まれた登山道が
どこにも見当たらない
仕方なくけもののみちにおじゃましながら

大日堂の裏側から
一気にフジグランドキャニオンへと辿り着く
どこかのおじさんによく似た
立派なあごひげをたくわえたカモシカが
渓谷《キャニオン》の上からわたしを見下ろしている

道の駅で買った小粒な
信玄餅に舌鼓《したつづみ》を打ちながら
すぐ先の小富士山《こふじやま》へと向かう
足元のあちこちにテニス球ほどの巨《おお》きな棘花《とげばな》が
頭を重たそうに揺れている
背丈も高いふかむらさきのフジアザミだ
ああ、この辺りがアザミ峠か
ここからは富士五湖がよく見渡せる
どの顔もみな夕陽に火照っていい面《おもて》をしている
わたしの足音に驚いたホシガラスの番が
岩の巣穴から飛び立った

遅咲きのミツバツツジの咲くなかを
小富士山稜から旧馬返しへと向かう
さっき出会ったカモシカがわたしを追ってくる
振り向くとわたしに合わせて
ぴたりと足をとめる
後ずさりして目を剥《む》くと
漸く彼は林のなかに消えた
急がねば大雨になる
天辺に分厚い笠雲が架かったから

豪雨で流された登山道を
何とか明るいうちに探さねばならぬ
狩休跡《かりやすあと》で一休みするのをやめ
残りのむすびを頬張りながら
一気に下山する

雲霧峠

砂礫道《スコリアみち》に
一陣の風が吹き
低い森木立の葉が
ぶつぶつ小言のように
一斉に舞い落ちた

どうやら
道をまちがえたらしい
道標《みちしるべ》はあるが
登山者も濃霧で
道を見失うのがこの辺りだ

目の前の沢筋に
石塊《いしくれ》を投げると
弓弦《ゆんづる》から放たれた矢のように
石塊が一直線に滑り落ち
悲鳴のような木霊が
谷底から復《かえ》ってくる

どすどすと荒々しい
響きと砂埃を巻き上げ
ずっとわたしを尾《つ》けてきたのは
アザミ峠で出会った森の番人　カモシカだ
わたしが手を振り
呼びかけると
崖の上から頭を上下に
こちらの挨拶に応えてくれた

笹笛吹くと
ぬっと藪から出てきて
いつも道案内をしてくれる

立派な顎鬚たくわえた
八百屋の主によく似たカモシカだ

濁った
海底《うなぞこ》のような
濃霧が逆巻く
雲霧峠

欅《けやき》峠

一の沢から
中の沢を辿り
天然氷貯蔵所跡で
石清《いわし》水《みず》を舐める
指差しの碑に沿って
三味線林の中の
枯れた王子ヶ池のふちを巡るが
もと来た径へと帰される

須走集落を見下ろす
国道一三八号線沿いの
小高い丘に仁王立ちするこの
鎌倉往還のど太い一本欅は
須走の玄関口　まちの目印《シンボル》だ
枝先に引っ掛かった昼の月のまわりで
小鳥が遊んでいる

ずっと昔《むかあし》
村びとはこの欅の下で
客を出迎え
旅立つひとを見送った
穏やかな起伏のこの峠からは
甲斐のくににも相模のくにへも一っ走りだ

腹這いになって
草生《む》した古道に耳をつけると
昔の旅びとの足音と
籠坂を一気に降りてくる
早駕籠《はやかご》の掛け声が聴こえるそうな

疲れてわさび沢小屋で
冷たい湧水仕込みの
生粉《きこう》打ち蕎麦の蒸籠《せいろ》二枚をすする
店の細かい格子の
虫籠《むしこ》窓《まど》を開けると
谷間のわさび田から
お喋り上手なクロッグミの口舌《くぜ》りが谺《こだま》する

子抱き峠

夕闇のなかに
真っ白なコブシの花が
ぼんぼりのように浮いている
うたせ湯の宿の煙が
一本真っ直ぐ棚引き
ここに梯子を架ければ
天の川に手が届きそうだ

眼下にすりばち状の
みくりやの街の明かりが蠢《うごめ》き
螢川のような電車が
　なんだ坂　こんな坂
　なんだ坂　こんな坂
息急き込みながら

足柄路をゆっくり登ってくる
太刀山《たちやま》に抱かれた
小太刀山を　地元では
子抱き峠とよぶ

太刀山峠

温泉宿の
わきみちを抜け
暗い雑木林に入ると
あちらこちらを明るく照らし
紅・白・黄の重弁の
フジシャクヤクが咲いていた
一年ぶりの彼女に逢えてほっとする
この香気な顔佳《かおよ》草《ぐさ》を摘んでいく

心ない登山者がいる
と山守爺がなげいていた

山霧に濡れながら
甲斐との国境《くにざかい》に向かって
長《なが》っ尻《ちり》なキツネが一匹
急勾配の段だら坂を登っていく
わたしのすぐ頭上に
尾羽を左右に張って
音もたてずに鳶が浮いている

峠の枝道でこんどは
グミの実を頬張る
猿の親子に出会う
わたしが目を逸《そ》らすと
彼らも背を向け
お腹をふくらませていた

富士を探すが
どこにも見当たらない
ああそうだ、自分は今
富士山《おやま》の懐《ふところ》に抱《いだ》かれているのだ

須走峠　I

新緑を折り畳んだ
深い山襞《やまひだ》が続く峠道に
鮮やかな紅紫《べにむらさき》の野アザミが
顔を並べている

若い修行僧が
網代笠《あじろがさ》のふちを持ち上げ
砂金を撒いた豪奢《ごうしゃ》な茜空に
ほっかり浮かんだ赤富士を
仰いだまま　動かない
墨染めの麻《あさ》ごろも一枚を身にまとった修行僧だ

日焼けした首筋が
ずぅっと年とって見える
これから峠を滑り
甲斐のくにへ向かうのか
須走に宿を置くのか

悲しいほどに澄み切った
富嶽群青の稜線を
飛行機が太い雲を引いて渡る

童顔に笑みをほころばせ
夕陽に染った修行僧が
一瞬　黄金《こがね》に輝き

谷間に読経だけが木霊する　須走峠

須走峠　Ⅱ

柴犬《しばいぬ》と散歩の途中
草深い旧鎌倉街道の岨道《そばみち》で
根株に腰を据えながら
むすびを頬張る一人の旅の僧に出会う

細面《ほそおもて》に無精ひげをはやし
日焼けした顔は少しおどけてみえるが
切れ長の目は一点のくもりもなく
双眸《そうぼう》はかぎりなく澄んでいる

今日までひたすら
私欲や邪念に目をそむけ
歯をくいしばって修行できたのは
ああ　すべてこの富嶽の旅のおかげか

さっきまで集落はずれのお堂の前で
読経を重ねていたまだ年若い修行僧だ
わたしに深ぶかとお辞儀を返すと
すっと立ち上がり　苔むした石段を
一気に駆けのぼり　須走峠を越えていった
斜陽を浴びながら

無事に御精進なされますようにと
わたしは後ろ姿に合掌する
低く垂れ籠めた　雲海の笹波《さざなみ》の中に
巨大魚と見まがうばかりの　影富士が
ゆったりと遊泳している

須走峠 Ⅲ

通り雨が
すぎたばかりの
古道の下草のなかで
ぐうんと手足を伸ばし
鼻孔をふくらませ
修行僧は　思いきり臓腑に
富士山を吸いこんだ

このひと月ほどは
富嶽の旅籠《はたご》に仮寓して
近隣の寺々を訪ね歩き
経典を書写してすごした
数多《あまた》の先達がしてきたように

混沌とした
今の世の移りのなかで
道を見失い　さ迷う衆生を救わねば
拙僧はあまりに無慈悲だと
目の前の林に分け入り
修行僧が　自身にそう問うたとき
物の怪の足音を聴く

苔むした岩肌の蔭で
怪訝な顔した親子鹿が
じっとこちらを覗いているではないか
生い茂る木々の隙間から
富士が　夕陽を浴びながら
大欠伸を噛み殺している

畑尾峠

シロヤシオの花咲く
アザミヶ丘の遥か前方に
世附《よづく》川がガラスの破片のように光っている
山を隔てて山中湖と河口湖が
青く澄んで輝いているのは
空の蒼さを吸い取ったからか
後ろに目を移すと
富士傾《なだ》りの双子山《おっぱいやま》が
わたしを見て恥しそうに
宝永山の影に隠れてしまった

一緒に渡ってきたのか
角取山から　カッコウと
ホトトギスの初鳴きが届き
近くの森では赤子の鳴き声そっくりな
アオバトがわたしを呼んでいる
こちらの林では
物まね上手な三光鳥の雛《ひな》が
親から口移しで餌をもらっている
尾羽が親ゆずりで長くて重そう

畑尾山まであと一息だ
峰続きの太刀山とは
同じ背丈のそっくり山《さん》で
どこからだれが見たって
仲のいい兄弟だ
そっと近づくと
何と、肩をならべた二つの山は
互いにそっぽを向いているではないか

この畑尾峠に登ったひとは

まだ知らない自分に
必ず逢える場所がある

ヅナ峠

楤芽《たらんぼ》が生い茂る笹藪に分け入ると、おとなの背丈ほどの鹿道と、ウサギ・タヌキ・キツネの穴道、幅広の猪道《ししみち》の三つが一緒に並んだ獣道《けものみち》に出会う。笹藪を抜けるとこんどは杣道《そまみち》に、居心地悪そうな祠のなかで、目を閉じたまま鎮座する石仏に出会う。立ち止まって片手拝みをしていると足の裏を擽《くすぐ》る奴がいる。土を掘り返している土竜《もぐら》の頭をわたしは踏みつけていたのだ。

団扇《うちわ》のような朴《ほお》の葉擦《ず》れを聞きながら草いきれの古道を拾い、息急き切って家路を手繰《たぐ》る。古道が途切れた崖っぷちに出ると、向《むか》つ嶺《お》の撓《たわ》みを木の実を頬張りながら、わたしと目を会わさぬように棒切れを持った、なかなか図無《ずな》そうな雄猿が一頭、尾根を下ってくるではないか。思わず手を振りぺこりと挨拶してしまう。

富嶽の天辺だけが巻き茜に燃えている。

ブナ坂峠

ブナの林の
長い坂径の途中で
すれ違った老爺
なんと私と似ていること
頬を飴玉でふくらませ
彼もわたしを横目で見ながら
にっと北叟笑《ほくそえ》む

背筋を伸ばして
やおら立ち上がると
また屈み歩きで
ブナの林の奥に消えていった
眼下の山中《やまなか》の湖尻で
野焼きか　煙が
二つ三つ立っている

ブナに寄り添い
樹肌に耳を当て目を閉じ
水の音を聞いていると
とつぜん遥か愛鷹山《あしたかやま》の彼方から
遠雷が響動《とよ》もし目が醒める

富士の首筋に蜷《とぐろ》巻く雲の垣間から
一条の光が落ちる
その一条の零《こぼ》れ陽を浴びながら

鈴杖《すずづえ》を突き　神々しく山を降りるのは
さきほど出会ったあの老爺だ
彼を追って峠を降りる

切通峠

ずうっとむかし
家族でこの峠に登ったことがある
野ウサギを追って小学生の娘が
芝草の上を駆け回っていた
あのときの子ウサギは大人になって
いま仲間と元気にこの峠のどこかで
どんな巣穴に栖《す》んでいるのだろう

あの日と同《おんな》じように
晴れているのに風花が舞っている

双眼鏡をのぞくと
山中湖が鏡のようで眩しい
湖尻で小さな虫ほどの釣人が蠢《うごめ》き
ワカサギ釣りの屋根付き船が
いくつも湖面に浮いている

細長く棚引くのは
湖畔の宿の夕餉の支度か
日帰り温泉の湯煙りか
のぼり旗が風にはためき
遠くからシャギリ囃子が届くのは
鎮守の杜の祭りか
杜の参道で里の子らが跳ねている

風にはこばれてくる甘い水の薫り
忍野八海の湧水だろうか
黒い大鷲雲が
富士山の天辺で羽を休めている

明神峠

登山道の木杭《きくい》
竹筒のみちしるべ
熊出没の立て看板
わたしの杖の風切り
崖道の手綱杭と
あちらこちらで虎落笛《もがりぶえ》が泣いている
笛に呼ばれた鳶が
宙《そら》高く旋回している

鈴杖に凭れながら
穏やかな馬の背を
せかせかと足早に渡る

屈み歩きに疲れて
背筋を伸ばすと
林のなかから嫋《たお》やかに咲く
サンショウバラに挨拶される

左前方下のど太い二本の白線は
富士霊園の参道　満開の桜並木だ
甲斐、相模、駿河びとの
おくに言葉がゆき交う三国峠へは
あと一息だ

三国峠

雪の日の峠には
わたしとけものたちの
足跡だけが記されている

リス、タヌキ、キツネ
イノシシの道筋……
すぐ先の藪の中にも
二頭の鹿が寄りみちしたばかりの
真新しい足跡があった

時折　この辺りで
猿にばったり出会うことがある
どちらかがこの狭い馬の背をゆずり
互いに目を逸《そ》らすと
何のさわぎにもならない
峠でゆき交うけものたちのお喋りにも
人間のように
おくに言葉があるだろうか

崖の斜面から
上野の集落が見渡せる

ここでも夜になると彼らは
寄場に集まって
灯《ひ》が点る家々を
見下ろしているのだろうか
集落の先の
にぎやかな街の明かりを見て
何を話しているのだろう

突然　近くの尾根で
低く垂れ籠めた雨雲を破り
猟師の銃声が響く
見知りの親子鹿の怯《おび》えた顔が浮かぶ
崖から滑り落ち
大怪我を負ったあのイノシシが
猟犬に追われて逃げ惑うのが目に浮かぶ

真澄峠

薄《うっす》らと夕霧が立つ
登山道を下ると
足音におどろいた野ウサギが
草藪から一羽飛びでてきた
すぐ先をこんどは
長《なが》っ尻《ちり》なキツネが
勾配のきつい坂道を軽々と
足早に斜めに横切り消えていった

喉のかわいたわたしはあとを追い
水の匂いのする谷川へと向かう
丈高の笹藪を分け入ると
その先は切り立った崖だ
谷底をのぞくと

崖から足を踏み外して
命を散らしたけものたちの白骨《しらほね》が
沢の凹みで雨風に晒《さら》され
雪解け水の中で光っている

下流の狭っこい浅瀬で
清水を水筒に汲む
頭上では真っ白な朴の大輪が揺れ
そこだけ夕闇を明るませていた
天窓のような
朴の梢の隙間から
乱気流に巻かれた飛行機が
茜空を旋回するのが見える

こんど峠歩きをするとき
こないだ買ったチロル帽を冠って
鹿や狸をびっくりさせてやろう

悪沢峠

花を散らしたばかりの
サンショウバラの丘を経て
馬の背越えの手前で
木の根に足をとられて転倒する

仕方なく転《まろ》んだままま
リュックのむすびを頬張っていると
さきほど出会った猿の親子が
こんどはブナの枝をゆらして
むすびをおねだりするではないか

真澄峠から　ずうっと
わたしのあとを追ってきたのだ
岩の上にお菓子とむすびの半分をおいて

急いでその場を立ち去る

この先は慌てると危険だ
目の前の深い谷底には
滑り落ちたけものたちの
亡骸《なきがら》がいくつも散乱している
と地元の山守から聞いたことがある

せまっこい物干し板に似た馬の背を
蟹歩きでよちよちと渡り
鬱蒼と茂るブナ林をやっと抜け出る

波しぶきを上げ
雲海を航行する
軍艦富士に出会う

峰坂峠

峰坂の杉木立の中腹で
富士猿がわたしを手招いている
急いで木の根みちを手繰ると
ブナ林で啼き声だけが谺《こだま》して
姿は見えない

険しい崖の斜面にけものたちが
真っ逆さまに滑り落ちた幾筋もの爪痕が残る
熊笹古道の深いわだちは
イノシシのぬたうちの鼻穴だ
オコジョが枝影からこちらを窺《うかが》っている
日溜まりでは布袋《ほてい》さんに似た
子持ちカモシカが

枯草を褥《しとね》に転寝《うたたね》している
彼女に気づかれぬよう
そっとそばを通り抜ける

あれが箱根外輪山
あの光るのが駿河湾
磯伝いの小島は江ノ島か
西丹沢の峰々のすぐわきに
巨大鯰《なまず》の山中湖が夕陽を弾《はじ》いている

わたしが下山したあと
この峰坂の風黙《かざだま》りから
眼下のまちの夜景を眺め
満天の星々を仰ぎながら
けものたちも胸ときめかせているだろうか

世附《よづく》峠

葉を落とした
ブナ林の梢に
褪《は》せた夕陽が絡《から》み
朴の葉狭間《はざま》の
茜の空に　にょっぽり
赤富士が浮き

昨夜《よべ》に舞った
雪の吹き溜まりに
わたしとけものたちの足跡が……

口笛上手なウソドリの群れが
ナナカマドの実に吊り下がって

何やら口舌《ぐぜ》っている

牡鹿の鳴き声を真似ながら
ブナの巨木を野帳に描いていたら
とうとう夕闇が降りてしまう

リュックのむすびや
水筒はもう空になり
膝小僧は踊って歩けない

石清水《いわ》を口に含みながら
三日月尾根まで漸く辿り
月道を湯船集落へと滑る

麓の鎮守の杜では
二本のど太い箒杉《ほうきすぎ》が木枯しに逆らい
満天の星のかけらを掃き集めていた

天神峠

須走山脈の
いちばん東の端の
峠から見る富士山は
足もとに咲くホタルブクロに入れて
もち帰りたくなるほど小さい
指輪をはずして覗くと
麓までもがぜんぶ見える
一握りの山塊《やまかい》だ

途中の坂道で
出会った老爺が言うには
この峠に立って
小半どき
目を閉じていると

かならず天から神様が
降りてくるそうな

　ひいよ
　ひよよよ
竹笛のような
さむしい声の
緑鳩《あおばと》の群れが
一列に山並を縫い
さがみのくにざかいにむかって
滑っていく

ああ
これでようやく
わたしの郷の
峠歩きも
終
わ
っ
た

峠越え　Ⅰ

嫋《たお》やかな春霞の山里に
夕闇がたちこめる
丹沢湖面に山影が落ち
風が渡るたびに小波が走る
尾を立てた水鳥の番《つがい》
岸辺をひたひたとたたく風波
墨絵ぼかしのにょっぽり富士が
風波に逆らい水面《みなづら》を遊泳している
遥か遠く　山並の向こうに

突兀《とっこつ》とそびえ立つ山塊《さんかい》
山肌に曲輪《くるわ》を連ねた
玄倉《くろくら》城址の尾根の撓《たお》りを
熟柿《うみがき》のような爛《ただ》れた夕陽がすべる
茶屋で風切旗《かざきりばた》が靡《なび》き
沢溜りで河鹿が唱っている

鹿皮を腰に巻きつけ
銃を肩にかけた猟師が
疲れた長い影を引きながら
雑木林の岨道《そばみち》を沢伝いに帰ってきた
猟犬を四、五頭連れた勢子が
猟師の後ろを小走りに追っていく
腰に揺れる二羽のウサギ

集落に下校時刻のオルゴールが鳴り響くと
山裾のヒメシャラの林から
一斉に夕鳥の群れが羽ばたいた
鄙《ひな》びた里の玄倉からの帰り路
わたしはこの山峡《やまかい》に嫁いだ娘から
紙袋をそっと渡される
包みの中の瓜坊菓子《うりぼうがし》を一つ摘まみながら
目頭を押さえ　深い群青の空を仰ぐ

こんやは信玄の隠し湯に浸り
丹沢湖畔に宿を置こう
明朝　番《ばん》が平《だいら》を辿り
世附《よづく》峠を越え　日没までに
天空の里　須走へと戻ろう

峠越え　Ⅱ

世附峠の辺りから

鹿打ち猟の銃声が
山襞にはね返って
木霊を招《よ》んでいる

山深い玄倉の里の
猟師の家に嫁いだ娘から
ずっと便りが届かない
堤に対《む》かい合って座った
妻の息遣いがもれる

山の端から夕月が
約束の刻限をだいぶ過ぎて昇り
峰風が渡るたびに
湖面の群青富士が揺れ
水皺《みなじわ》に浮いた木の葉に
河鹿《かじか》が載って遊んでいる

近くの丹沢橋のたもとで
蚊柱が何本も立ち
石仏のように動かない
釣りびとの頭上を緑鳩《あおばと》が一列になって
湖面に影を落して渡っていく

ダムの底に沈んだ里を
妻とはじめて訪れる
梅雨入りの暮れどき

峠茶屋

奥のだいどこで
頬から顎に白い無精髭の主が
今日さいごの分の手打ち蕎麦を
湧水でほぐす音がする

二組の旅の客が
靴底の雪を拭い
暖簾をくぐって
閉店間際の老舗に入ってきた

木株の椅子で
中年客の背中が
小気味よく揺れ
蕎麦を手繰っている

雪が止み
西陽が庭の竹藪から洩れ
とば口のネコヤナギの新芽が
キラギラ耀《かがよ》う　峠茶屋

未刊詩集『猟犬チビに捧ぐる詩《うた》63』全篇

序詩

峰みねが屛風のように
幾重にも立ちはだかった
九十九折のみくりや集落を上り詰めると
雲海に遊泳する天空のまち　須走がある
わたしの週末は文庫本をポケットに
終日　歩歩路《ほぼろ》高原で猟犬チビと戯《たわぶ》れています
兎、鹿、猪、雉子を追い掛け回し
疲れてわたしの居場所に
息急き切って舞い戻った彼は
腹這いになって水とおやつをねだります
そんな可愛ゆいかわゆい相棒です
ここにはいつもでぶっちょな富士がある

猟犬チビ　Ⅰ

崖の上から
高跳びを
何ども〱
繰り返す
わが家の猟犬

今年こそ
初日の出を
掴み取ろうと
岩に爪を立て
もっと高く
もっと遠くへ
試みるチビ

果たして
彼の夢は
叶うだろうか

猟犬チビ　Ⅱ

霞み暮《く》る
尾根の端から
牡丹餅《ぼたもち》そっくりな
朧月《おぼろづき》が　山傍《やまび》を這い

沢風が
チビの脛《すね》を撫ぜながら
往ったり復たり緩《ゆる》んだり
草叢をただよっている

小太刀山《こだちやま》へ登った帰りみち
今夜も月に飛び移ろうと
腰を屈めて　風を測り
助走を繰り返す猟犬チビ
爪先がしっかり地を摑《つか》んでいる

遠吠えが
谺《こだま》をよび
谺が樹海を
飛魚のように反《かえ》ってきた

猟犬チビ　Ⅲ

淡くて
力ない
陽射しが
山の端っこに
傾き

すぐ傍に
糸のような
青白い
下弦の月が
浮いている

月に対って
そそけ立つ
猟犬の影が
長く地を
延びている

チビの声音《こわね》が
山襞に

跳ね返って
黒富士が
チビを怖《こわ》がっている

渦輪月《うずわづき》

須走の郷の
稜線の凹みを
叩いていた時雨が
一瞬　止み
谷川の淀みに
砕けた月が遊び
堤に薄闇が
這っていた

海老のように
身を屈め
木の根に爪を立て
眦《まなじり》を釣り上げ谷間を覗き込む猟犬

鼻皺を寄せ
硝子の破片のような
月の欠片《かけら》を摑み取ろうと
崖を真っ逆さまに滑り降りていった

月の代わりに
でっかい鯔《ぼら》を銜《くわ》え
チビが渦輪《うずわ》に揉《も》まれて
河童のように浮き上がってきた

猪神様

近くの峰の稜線を
疾《はし》っていた俄雨《にわかあめ》が
急に遠くに去って
沢の淀みに中途半端《なまなか》な
砕けた昼の月が浮いている

木の根株に
立ち竦《すく》んだまま
親爪のような歪《ゆが》んだ月を
真顔で覗き込むチビ
わたしが淀みに小石を投げると
それが水皺月《みなじわづき》だと知って
なんだとニヤリ北叟笑《はくそえ》む

陽が落ちて
遠くの麓の灯りが
木の葉隠れに　ちらちら
埋《うず》み火のように揺れる
夕闇の険しい杣道《そまみち》を避け
緩やかな鉤《かぎ》の手を急いで滑り降りる
先日チビが崖から転げ落ちたのは
この辺りに深く掘られた
猪の家族《うからやから》のぬた場だ

彼はこのぬた場から
うまく這い出したものの
今ど三百キロをこす猪の巨体と出交《でくわ》したら
いくら賢い猟犬チビとて　一瞬にして
踏み殺されてしまうだろう

猟師も銃口を向けたがらない

山のぬし猪神様に出会わぬうちに
一息に山裾を駆け降りる

朧夜《おぼろよ》

肘《ひじ》掛窓の
障子を開けると
雪明かりの庭の
石灯籠わきの水鉢に
裏山から
水を呑みに降りてきたのか
大小のけものたちの足あとが

小鳥の餌台から
蜜柑と林檎の輪切りが消えている
双子山あたりから

雪起しか　遠雷か
窓硝子が小刻みに鳴る

狆《チビ》犬と一緒に
縁側で
妻が小皿に盛ってくれた
団子を食う
雲の垣間《かいま》を
朧月が奔《はし》るのを眺めながら

信号機がないのに
どうして月と星が
ぶつからないのかなあぁ
チビがわたしに問うてくる

おっきな餅

妻が
台所で
小豆を煮ていると
鼻をひくひくさせながら
小屋からチビが出てきた

屋根に座っている
お月さまを見て
　うわあ
　おっきな餅だあ
叫んだ

こないだ
歯にくっついた餅をとるのに
あれほどいやがっていたのに
喉をならし土間の臼《うす》のまわりを
駆け回っている

弓張月

深夜　風もないのに
ほとほと　ほとほと
樹木《きぎ》の枝が雨戸をたたいて
なかなか鳴りやまない

そおっと雨戸を引くと
チビが戸袋にすがって
　大変だ、大変だ
　月が割れている
顎を空に噦《しゃく》りあげ雨戸をたたいていたのだ

青白く霞んだ空に
低く傾いて赤らんだ
片目月が浮いていた

廊下にしゃがんで
　あれは弓張月といって……
手短に話すと
彼は頷きはしたが
とうとう前肢で耳を塞いでしまった
こむつかしい話をすると
すぐパニックになる

チビのお気に入りの
小犬のぬいぐるみをわたすと
すぐに口にくわえて
犬舎にもぐりこんだ

捨て台詞《ぜりふ》

山腹《やまはら》を散歩していると
豪勢な武者飾りと
鯉のぼりが風に唸っていた

大空の鯉を捕まえようと
彼は一気に段丘を駆け登る

鯉のぼりだとわかると
　なあんだ
捨て台詞を吐いた

鯉に向かって
片足上げて用足ししながら
わたしにお愛想笑いを

投げかけた

大蛇

散歩途中に
お宮橋の縁《へり》で
一瞬　足を止め
彼はどんより曇った空の動きを
三角目を釣り上げ見ている

とつぜん
鱗雲が風に吹きあおられ
大蛇になったのを睨みつけている
白い眉根《まゆね》と鼻筋に深皺を寄せ
口唇《こうしん》に泡をためながら

富士の天辺で
とぐろを巻いた大蛇に
ど太い唸り声を張り上げ
今にも飛びかからんとする彼を
懸命になだめしずめるわたし

お宮橋のたもとの
あっちこっちで
　ちぅ　ちぅ　ちぅ
薄羽《うすば》蜉蝣《かげろう》が遊ぶ

沢の堤で
登山者が
怪しい雲富士に
手をふっている

熊雲

富士天頂から
滑り降りてきた熊雲が
集会場の屋根に
どかっと座ったまま動かない

昼寝時刻に
それを見つけた相棒《チビ》が
突如　吠え立てながら
仁王立ちの熊雲に飛びかからんとするが
屋根が高くて届かない

集会場の高所に居座ったまま
須走のまちを見下ろす熊雲
チビに気づいて

　エヘラエヘラ
笑ってる

ひと風吹けば
化物雲《ばけものぐも》も退散しようものが
天気予報では　夜半まで
無風であるそうな

岩燕

富士高原で
低空飛来する岩燕《いわつばめ》を
一気に宙に飛び跳ねて
口吻《こうふん》で捕える相棒
岩に隠れていて

一瞬　空中で
蝙蝠《こうもり》を捕えるのを
何どか見たが
彼は頭を撫ぜ褒《ほ》めてやると
調子にのって同じことを繰り返す

蝙蝠ばかりくわえてくるので
叱りつけると
こんどは狩猟を
岩燕に切り換えたのか

渡ってきたばかりの
岩燕があまりに可哀相だから
しばらく彼を褒めるのはやめよう

岩魚

土地の男衆《おとこし》が
地酒で体を温めながら
夕刻の沢岸で
釣り糸を垂れている

川石にきちんと座って
釣りびとが釣り上げた岩魚《いわな》を
毎日相棒は一疋おねだりする
それを自分で捕えたふりして
わたしに見せていたのが
十日ほど続いていた

夕刻　川に向かう
彼のあとを追っていくと

案の定　男衆が釣り上げた獲物を
賢い奴だ、と頭を撫ぜられながら
それをくわえて
一目散に家にもどってきていたのだ

明日からは
チビを家から
出すのをしばらく止《よ》そう

百舌《もず》

ゆんべの残りの
豆腐殻飯《おからめし》を食ってから
ひんやりした朝刊をめくると
甲高い百舌のなわばりが届く

急いで二階の窓から
双眼鏡をのぞくと
高原の尾花の末《うれ》に
長い尾っぽの百舌が揺れていた

首を螺旋《ねじ》を巻いたように
天へ伸ばし　一本足で鶴を真似
ちっちゃな円《まる》い目を見ひらいている
はるか遠い渡りの地をなつかしむように

山と山とが浅く入り合いになった
須走集落の端《はず》れのわが家で
新聞を片手に
露台《バルコニー》に眼を移すと
相棒が散歩から戻ってきた

わたしを見ると

椅子にあご乗せをやめ
ちぎれんばかりに太刀尾《たちお》を振っている
あ、百舌をくわえている

外方《そっぽ》

庭の木にかけた巣箱に
ことしもシジュウカラの番《つがい》が卵をうんだ
雛が巣立つのを待って
枝の巣箱を落としたのはカラスか
相棒の鼻先に雛の産毛がついている

野鳥の餌台の果物を
ぜんぶ食べてしまったのも
あのハシブトガラスの仕業か
何よりも食べることが生き甲斐のチビの仕業か

相棒を見ると
わたしから視線をそらし
外方をむいている

庭の隅の山盛りの
自分の糞《ふん》に砂をかけ
それをひた隠すチビ
主人《わたし》の前ではお利口ぶるが
目を離すと家族以外の人には
噛みつく癖がある

指切り

早咲きの
小粒の
朧《おぼろ》桜に顔を埋め

わたしがにっと笑っている

それをチビにみせると
犬舎の窓に飾るので
　これと同じ写真を
　自分にも撮ってほしい
とねだられる

あきれて
お腹かかえて笑うと
口はしに泡をため
　何が可笑しい
となじられる

桜が咲いていたら
撮ってやろうと
彼のさしだした手と

指切りげんまんする

後日　カメラをさげ
桜トンネルを体をかがめて
チビと一緒にくぐる
彼はもう写真のことは
すっかり忘れている

顎マスク　Ⅰ

外出から帰ると
急いで顎マスクをはずしてうがいする
友人からもらった風邪が
だいぶ治ってらくになった
庭でチビが部屋のなかのわたしをよんでいる
どうやらわたしがはずしたマスクを

自分にもかけさせろといっているらしい
さかんに前肢を口もとにやっている

マスクをさせて
はいえんにでもなったら
それこそ一大事
子犬の彼をもらいうけたとき
　利発な黒柴だから可愛がってほしい
言っていたあの猟師に
何と説明したらいいのか
マスクを渡すのを断ると
せまい犬舎のなかを走り廻り
吠え捲《まく》るのだから
ほんとにあきれた奴だ

窓から朧富士をのぞくと
傷だらけの雑魚《ざこ》の群雲が
キラギラ茜空を泳いでいた
今度は群雲を威嚇するチビ
あとで一緒に温かいタマゴスープを啜《すす》ろう

顎マスク　Ⅱ

花柄模様の
ぬののきれはしで
小銭入れのような
ちっちゃなマスクをつくる

妻に内緒で
書斎にこもって
針穴にやっと糸をとおし
イチゴの形したマスク

目を腫らし
くしゃみばかりする
花粉症のチビのために
よなべしてぬいあげた
もめんの特製マスク

仕上げたとき
あれほど歓んでいたのに
　これじゃあ　息苦しくて
　水も呑めやぁしない
奴におこられた

口紅

疲れて帰宅したので
今日のチビの散歩を
妻にまかせて部屋に入ると
外が急にさわがしくなった
窓越しに庭をのぞくと
チビが前肢を口にあてがい
変てこなかっこうで
妻に何かおねだりしている

上下が真一文字に
引き締った彼の唇のまわりに
妻はポシェットから取りだした口紅を
おもしろくおかしく
塗りたくったのだ

そうだ
そうだったのか
数ヶ月まえのこと
妻が彼の唇に紅を引き

散歩に出かけると
行き交う人が
彼に拍手喝采をあびせて
はやしたてていた

集落すぎて
赤富士坂にさしかかると
藪の茂みから
タヌキや鹿やウサギたちが
猟犬チビを恐がるどころか
一斉におなかかかかえて
笑いころげていた

あのときの歓びを
彼は今一度
取り戻したかったのだ

卵を産んだ

爺ちゃん　大変だ
チビが卵を産んだ
学校から帰った孫が
玄関にカバンを放り投げると
わたしの手をとって
庭へとつれだした

犬舎の隅では
チビが沢山の
白い球を大切に抱いているのが見える
外で二人が大さわぎするので
おどろいたチビのお腹から
二、三の球が転げだした
なあんだ

ゴルフボールだ

彼は山歩きするとき
近くのゴルフ場脇の小径から
外れ球を銜えてきては
犬舎の隅で大切に温めていたのだ

爪を切る

手探りで
窓を開けると
ひんやりした
夜が入ってきたので
明かりをつける

腹這いになって
相棒《チビ》の長くのびた爪を切る
新聞紙に落ちた爪を
片づけようとすると
　ウウウ
鼻皺を寄せるので
仕方なく手をひっこめる

　コホ　コホ
ゴホ　ゴホ
チビが咳をする
咳にとばされて
爪がどこかへ吹きとんでしまった

用事を思い出し
外出用のネクタイをしめると
これにもチビが低い唸り声をたてる
　紐《ひも》で首を絞められるのは

　自分だけでたくさんだ
そう言っている

用足し　Ⅰ

散歩の途中
林の影で用足しすると
　どうして一度に
済ませてしまうの
もったいないいな
チビがわたしに聞く

　どうして君は
　何度もなんども
　電柱や木の根元にするの
たずねると

　ボクらが
　道に迷ったときの
　目印さ
応える

君の目印に安心して
　一度に用を済ませるのさ
わたし

用足し　Ⅱ

近所の飼い犬は門柱であれ塀であれ、電柱であれ街路樹であれ、ガードレールであれただの棒杙《ぼうぐい》であれ、道端に直立しているものにいちいち片肢《かたあし》上げて挨拶しないことには前へは進めないらしい。わたしの相棒チビは、散歩となると庭の馬酔木《あせび》の古株に数分間かけて一度に用を足してしまう。
このときのチビときたら、片肢をバレリーナのように水平に伸ばして、上目遣いにわたしを見る癖がある。一度もまばたきせずに。小出しの長い用足しがやっとすむと、軀を震わせながらおまちどおさまとばかりに一瞬目を閉じわたしに合図をおくる。
おなかにたくわえがあるわけではなく、あらかた出尽くしているので他家《よそ》の飼犬とちがうのは、挨拶もただ恰好だけで片肢上げた場所はどこも濡れていない。きょうは散歩コースを変えてみた。

　そこへ小便かけたら駄目じゃないか。

後ろから男のしわがれ声がする。わたしと相棒は知らんぷりして通りすぎる。

　こらこら、あんたの犬にいっているんだ。聞こえないかね。

怒鳴り声をあびせられる。ふりむくと太い眉毛の爺さんがわたしたちをにらんでいる。チビは鼻にこじわを寄せ、「ウ、ウー」と爺さんをにらみ返してから、塀に向かってまた片肢を上げた。

　おい、よせというのに。

爺さんは苛立ち、地団駄踏んで右手にもったスコップを地面に突き差しながらこちらに近づいてきた。チビはやっと肢をおろしたが塀にはどこにも濡れた跡が見当たらない。爺さんはそれを確認するとぶつぶつ声を吐き出しながら、わたしたちに背中をむけ、ふたたび土いじりをはじめた。
さきおとといの午後のできごとである。

午さがり

読みさしの
池波正太郎を閉じ

うたたねしていると
背中をツボ押しする奴がいる

妻は買物にでかけているし
孫はまだ遊びから
もどっていないから
どうやらチビが
背中歩きをして
凝《こ》りをほぐしているようだ

足ふみがつかれると
おやつをねだるのが日課だ
おやつをたいらげると
こんどは彼の両肢のつけねを
わたしが揉《も》みほぐす番だ

すぐにいびきをかくので
手をやすめると
チビが目を見開いて
もっと揉めとさいそくする
ほんとにやっかいな相棒だ

時雨蕎麦

時雨がくると
チビに　つるつる
食べにいこうと
誘われる

　つるつる
　つるり
　　つるつるり
足踏みしながら

調子をとって
一本ずつ音たてて
喉元に流しこむ時雨蕎麦だ

一度連れていっただけで
も一度あの黒っぽい
太打ち蕎麦を喰いたいと
あのこくのある蕎麦湯を呑みたいと

時雨が
屋根をたたくたび
蕎麦処〈遊季庭〉
に誘われる
そうだ、
チビとこれから
影踏みごっこをしよう

雲助団子

旅行チラシを
めくっているとチビが
箱根に行きたいな
お利巧さんになるから
湖尻の売店に連れてって
朝からせがまれる

箱根の別の場所に
用事を思いだしたから
一緒に行こう
誘うが
どうしても湖尻だといってきかない
わたしは妻と顔を見合わせる

そうだ　わかったわ
妻が膝をたたいて立ちあがる
昨年の正月に
チビといっしょに箱根に
ドライブしたとき喰べさせた
あの雲助団子の味を
きっと思いだしたのよ

当たり
当たりい
チビがすかさず
飛び跳ねる
〈遊季庭〉の
時雨蕎麦にしろ
一度喰ったら
おいしい味が忘れられないチビだ

ほんとに
誰かさんに
そっくりね
妻がチビを撫でている

侘助《わびすけ》

庭先に咲く
侘助を一輪
口にくわえて
玄関でわたしを待っていた

以前　写真に撮って
部屋に飾ってあるのを
彼に見せたことがある
あのときの彼は秋桜《コスモス》をくわえていた

カメラにフィルムが
一枚残っていたので
椅子に座らせ
シャッターを押すと
彼は上機嫌で
ポーズをとっておさまった

夕刻
仕上がった写真を見せると
急に不機嫌になった
侘助は本物だが
写っているのは自分ではないというのだ
どうやら彼が目を閉じたところを
シャッターを押してしまったようだ

仕方なく　わたしの好物の
ケーキを彼に食べさせ
ご機嫌を直してもらう

赤い実

垣根の
千両万両の
赤い実に吊り下がり
朝晩　小鳥が
おいしそうに実をついばんでいる

小鳥に食べさせるには
もったいないからと
小鳥をおいはらい
彼も赤い実を喰いはじめた
すずなりの実の房を

とうとうぜんぶ口に入れてしまった
顔をゆがめながら

夜になって
彼の苦しそうな呻《うめ》き声が
家の中まで聞こえる
お腹が痛いのか
庭を這いまわるのが
二階の窓から見える
どうやら千両万両の実を
たいらげたのがあたったらしい

翌朝　小鳥たちが
庭の木の枝に集まって
しきりに鳴いている
赤い実を食べにきたのだ
小屋の中では
小鳥たちにすまないことをしたとばかりに
萎《しお》れた顔の彼が
庭を見てしょんぼりしている

夕方　元気になった彼と
まちの園芸店に行く
赤い実のほかに白と黄色の実が
いっぱいついた植木を買って帰り
庭の隅に植える
彼は植木の実にはもうこりごりしたらしく
顔をそむけたままだ

そっくりさん

チビと山歩きしていると
沢向こうの小高い森で

七、八頭の鹿の群れが
クマザサと椿の花を食んでいた
雪が積もると鹿は
苗木や根っこまでも掘って
腹の足しにするのだ

雪みちをわたしが
買い物にでかけているあいだ
チビときたらわが家の庭の
笹の葉と椿の花を喰っていたのだ
足もとにちぎれた笹の葉と
椿の花弁《はなびら》が散らばっていた

こないだ庭の
千両万両の実をたいらげて
お腹をこわしたばかりなのに
もうあのときの苦しみを忘れたようだ

今度彼の泣き吠えがしたら
素知らぬ顔して
看病せずにいよう

何でも喰いたがるのは
飼主のわたしによく似るが
彼もわたしの仕草には
ほどほどあきれ返っている
妻がまたまた
　あなたに
　ほんとにそっくりね
言いだした

呻き声

あさ庭に出ると

彼がいない
どこにも見あたらない
奴を探しに出るまえに
鯉に餌をやろうとすると
池の中から大きな水音がする

池をのぞくと
カワウソのような怪物が
水底を遊泳しているではないか
しかし怪物には
水掻きや鮱《せびれ》がないので
すぐ水面に浮き上がってきた

　あ、チビだ
奴は鯉と一緒に口をあけ
わたしが餌を蒔くのを
じっと待っていたのだ

池の水を呑みすぎ
ゲボゲボ水吐く彼を
浅瀬から縁に引き上げる
奴は脛にこむら返りをおこし
冷えた軀を震わせながら
一つ大きなくしゃみをする
彼の口から鯉の稚魚がとびでてきた

どうやら稚魚と一緒に
カエルも呑み込んだらしい
喉元からカエルの呻き声がする

お澄まし音頭

買い物から帰ると

池の水でぐっしょりぬれたチビが
岸にしゃがみこみぶるぶるふるえている
こんどは何を為出《しで》かしたのか
草臥《くたび》れたチビをいぶかりながら
鯉に餌をやると
鯉は餌をもらったお礼にと
こっそりおしえてくれた

水澄ましが
水の上を歩いていると
それを真似しようと
とつぜんチビが縁から池にとびこんだ
が、そのまま池の底に沈んでしまった
岸にようやく泳ぎついた彼は
同じことを何度も繰り返しては
げぼげぼ水を吐くのだ
それを見ていた近所の猫までが
お腹かかえて笑いだした
と鯉がわたしにおしえてくれた

池をのぞくと
水澄ましが
水面を輪になって
お澄まし音頭を踊っている

雪虫

八重椿の花粉を
鼻の背に載せ
彼は藪からとび出てきた

鼻の花粉に蜜蜂が
数疋くっついている

どうやら蜂にさされたらしい
ここが痛いといって
わたしの膝に鼻をすり寄せる

春先には雀蜂に
まぶたをさされて
顔を風船のように腫らしたことがある
イノシシには平気で立ち向かうが
蜂には弱いらしい

鼻の花粉を払ってやると
わたしの膝枕で
もう目をとじいびきをかきだした
あ、こんどは彼の睫毛に
雪虫がとまった

螢

ど太《ぶっと》い
栃の木の根方に
石仏が座っている
散歩の途中
その石仏脇の腰かけ岩に
わたしたちもちょっくらちょっと
並んで座る

目の前の
薄闇に包まれた
草の茂みのなかに
仄かな青白糸を引きながら
淡い光が点滅している
その光の正体を確かめようと

腰かけ岩からとび降りると
透《すか》さず相棒は草叢《くさむら》にもぐり込んだ

茂みから出てきた彼の
鼻の背に点滅するのは
富士螢だ
彼の三角目が一つになって
鼻先にそそがれている
笑い皺がくしゃみをがまんして
くちびるのはしだけがぴくぴく可笑しがっている

闇夜に
相棒の背中が
時々　光る
どうやら螢を
飲みこんだらしい

寝息

雨音が
あんまりうるさくて
ねむれやぁしない
眠り薬がほしい
チビが深夜に
雨戸をたたく

庇《ひさし》の雨粒を
数えていると
ねむれるよ
わたしは廊下で応える

ひとおつ
ふたあつ

みいっつ
よっつ
いつうつ
………

雨戸の隙間から
そっと庭をのぞくと
小屋の中ではもうチビが
丸くなって寝息をたてている

雁

くわくわ
ぐわっ　ぐわっ
くの字を大きく描きながら
騒々しく　初雁音《はつかりがね》が

わが家の裏の
尾根を渡る

縁側の
据え石に座って
雁の渡りを見上げ
大欠伸する彼《チビ》
うるさい
昼寝も
できゃしない
うそぶきながら

庭木戸から
何度も散歩に誘うが
彼は寝たふりして動かない
急ぎ足で庭の外に出ると
駄々っ児のように甘声を上げ

とうとうわたしを追いかけてきた

くわくわ
ぐわっ　ぐわっ
こんどは鉤《かぎ》状の隊列を組み
雁が稜線を飛来しながら
宝永火口へ吸い込まれていった
彼には雁の啼き声など
もうどうでもいいらしい

胡桃

クワァクワァ
グワァグワァ
夕闇の電線をゆらし
辺りを何度も見回しながら

カラスの番がさわがしく鳴いている

さっき道路にならべたはずの
胡桃の実がないのだ
たしかに車輛が胡桃の毬《いが》を割る音がしたのに
カラスがちょっくら目をそらしたすきに
割られたはずの実を
何者かがもち去ったのだ

犬舎をのぞくと
腹這いになったチビが
前肢に顎をのせ
口端に胡桃の実の食べかすをつけたまま
上目づかいにわたしを見ている

先日彼が庭で昼寝をしているところを
天空から一瞬の隙を狙われ

嘴太《はしぶと》ガラスの大群に襲われたのだ
彼は小型犬だから
上空からの天敵や攻撃にはお手上げだ
その仕返しに胡桃の実を失敬したのだ

アワァアワァ
クワァクワァ
グワァグワァ

仲間をよび集めたのか
電柱のまわりを
どす黒い外套《マント》を風にはためかせながら
弓矢のように飛び交い
胡桃をもち去った奴を探している

犬舎の中では
わが家の猟犬　黒柴《チビ》が
カラスに気づかれぬよう
躯《み》を潜《ひそ》めている

雷《いかずち》　I

雷鳴に
耳をふさぎ
首をまるめ
頭を腹へ押しこみ
躯がこきざみに慄えている

ウサギや鹿や
猪がねをあげるまで
山野を追いかけまわすのは
たあいないが
雷だけはおてあげだ

そばにいるから
怖がらずとも大丈夫
といっても
歪めた口吻《くちさき》に泡を溜め
記憶の底の三角目の
母を憶い浮かべている

乳くびをくわえ
むずかったのも
誕生《うま》れてからわずかな
日々ではあったが
深毛のあの母の温もりを
チビははっきり憶えている

蛇のように
身をねじり　よじり
犬舎の隅っこで

雷鳴が　驟《はし》り雨が
遠のくのをじっとまっている

雷　Ⅱ

歩行者や
自転車や自動車が
わたしたちを追い越していく
いきなりチビが走り出し
公園でボール遊びする少年の
ボールをくわえてもどってきた

蛇やトカゲ・リスや
ウサギ・小鳥を捕えたり
鹿・猪や逃げるものを追いかける性分は
縄文犬の狩猟のいのちか

それでいて
雷が鳴ると尻込みして
早く帰宅しようとけしかける
上目づかいで　喉の奥で
噦《しゃっく》りのような音をたてながら

どうやら雷雲を発見したらしい
この噦りが天敵に出会ったときの
わたしへの合図だ
そうだ、早く家に帰って
チビと輪投げ遊びをしよう

白百合

庭にいくつも
白百合が咲いている

やがて一輪が落ち
溝に流れ
水沫《みなわ》立つ渓流を下り
海へと注いでいった

それを自分の目で見届けようと
花を追いかけていった相棒が
夜になっても戻らない

あれほどやめておけといったのに
一度決めたら何でもやりたがる性《たち》だ
渓流に沿って山里を下ったまま
一週間も帰らない

沢沿いの崖からすべり落ちたのか

岩を噛む急流にでも呑まれたのか
白百合の薫りを追いかけとうとう
海にまで泳ぎ出てしまったのか

友人に　警察に
役場に　保健所に
相棒の行方をたずねても
まだ見つからない
一ヶ月もたつのに携帯も鳴らない

キララ

二ヶ月もの行方不明の旅から
野ウサギのようにひどくやせ細り
やっと家に辿り着いた相棒
どろだらけの尾っぽを引きずり
へたへたと足もとをふらつかせながら
小屋で
三日間も眠り続けて
ようやく元気になったそんな彼と
久しぶりの散歩にでる

高い梢の葉のすきまから
漏れてくる　夕陽の
キララをつかもうとして
腰をのばし　「ふう」
大きく息を吐き
崖向こうへひょいと跳ぶ
なんども崖の上から飛び跳ねるが
一度もキララをつかめない
飛び下りてはまた

崖登りを繰り返すうちに
とうとう昏《くら》くなってしまった

夕霧の闇間から月が昇る
月からウサギが飛び出してきた
と思ったら　なぁんだ
相棒がまた飛び跳ねたのだ

傷口

夜中に畑をあらしにきた
鹿を追ったまま
明け方になっても家にもどっていない
朝食をかっこみながら
山に彼を捜しにいく算段をしていると
犬舎の入口が血で染まっているのに気づく

そっと奥をのぞくと
どろだらけになった彼がうずくまり
傷口を舐めているではないか

また暴猪《あれじし》にでも蹴られて
崖から沢に転げ落ちたのか
傷口に薬をぬってやろうとするが
狼顔の鼻にふかじわを寄せ
唸りを上げ　わたしを近づけさせない
ご飯をはこぶが食おうともしない
こういうときは彼自身に
治療をまかせることにしている

縄文の遺跡から
人骨と一緒に出土した猟犬の骨には
大型獣に負わされた傷跡が在る
と本でみたことがある

今日はまちへ買物に出るのをやめ
いちにち相棒のそばに座って
よみさしの文庫本でも繰っていよう

古傷

先日《こないだ》の山歩きで
足に刺でもさしたのか
イノシシに蹴られた古傷がいたむのか
散歩に誘っても
なかなか小屋から出たがらない
大好きなおやつをみせると
仕方なさそうに
横むきながら出てきた

こんなときのわたしを見る
疑い深そうな細い奥目
ただ一本の横線だけの
頑固に引きしまった口吻《くちさき》
損得のことしか考えたことのない
だれかの顔に似ている

今日の相棒は山に入っても
わたしの先を歩きたがらない
目の前を鹿が横切っても
追いかけようともしない
いつもはけものみちの入口で
入念においかぎをするが
今日は片足あげてごあいさつのしるしだけだ

散歩のなかほどで
さあ帰ろう、と促した瞬間

濃い茶褐色の眼が輝き
踵《きびす》を返し　わたしの先頭に立つ相棒
太い巻き尾を左右に大きく揺らし
これから一気に山を駆け下ろうというのだ

眼居《まなご》い

庭の早咲きの
紅桜が満開なのに
風花が舞っている
鼻の背に雪を乗せ
彼は散歩から帰ってきた
近所の犬仲間の丸顔と違って
三角目で狼顔《おおかみがお》の猟犬は
わたしの相棒　柴犬《しばいぬ》だ
仕事に疲れた自分が
いっそこのまま煙となって消えてしまいたいとき
巻き毛をちぎれんばかりに左右に振って
彼は玄関でわたしを迎えてくれる
一日の疲れが吹きとばされる一瞬だ

歩様軽快な彼と
近くの古道を今日も散歩する
真っ黒な深毛に
鼻筋だけが一本白く
振り返ってわたしをじっと見上げる奥目は
獲物を仕留めるときの鋭い眼でなく
雌犬に媚び寄るあの妖艶な眼居《まなご》いだ
そんな彼の目に嫉妬する自分がいる
彼の眸《ひとみ》に映るわたしときたら
まるで母に甘える幼な児だ
双子山に萎《しな》びた月が載っている

誉められたくていつもこの時刻に
裏山で捕えた小鳥やリスや蛇やトカゲを
わたしの帰宅に合わせて玄関に置いていく相棒
以前ウサギを銜《くわ》えてきたことが何度かあったが
イノシシに負わされた傷のせいか
猟がむずかしくなったようだ

見張り

わが家の庭に放し飼いの
猟犬チビがはげしく吠え
自宅の周りを落ち着きなく
夜遅くまで駆けまわる

寝不足のため　今夜は
早目に耳栓をして寝たが
深夜またもやチビに起こされる
窓を開け外をうかがうが
彼の足音しか聞こえない

毎晩　畑の見張りを
相棒に頼んでいるが
寝ずの番をさせることは
到底無理な話だ

部屋の明かりに気付いたチビが
鼻息荒く　尾を振り
腹を空かして帰ってきた
けものたちは胡桃林の奥へ戻ったようだ

雨が止み
東の山の端がだいぶ明るくなった
低くたれこめた雨雲から

また何時《いつ》降り出すか分からない

近頃　山里には鹿が増え
猪も住宅近くに現れる
今朝も路上にけものたちの新しい糞《おみやげ》が
雨に流されずに転がっている

留守番

わたしが家にいるとき
彼は小屋で寝てばかりいる
留守番をたのんで外出すると
庭の凹みに座って
畑の野菜を食べにくる
鹿や猪を追い払うのだ

夕刻帰宅すると
遠くからでも風向き具合で
わたしの足音がわかるのか
巻き尾を立てて
声を限りに出迎えてくれる

彼の鼻の先に
卯の花が乗っている
生垣に手を架けて
わたしの帰りを待っていたのだ

猟師から
子犬だった彼をもらいうけたとき
　利発な柴だから
といわれたことを思いだす

抱きしめる

庭で日向ぼっこしながら
池の鯉をながめていると
山歩きからかえった相棒が
わたしの膝に頭をのせて目を閉じる
いつものようにちり紙で耳そうじをしてやる
野山を駆けまわるので砂ぼこりでいっぱいだ
あまり気持ちがよさそうなので
紙棒を耳の奥までさしこむと
頭をぴくりとして目をさます

こんな暮らしをしていると
相棒が主人で
わたしが彼に飼われているようだ
彼の世話をしているつもりで
自分が世話をされている

縄文の遺跡から　人骨と一緒に抱かれるように
埋葬された柴犬の骨が出土している
鋭い三角目　大きな歯　力強くぐっと立った耳
性《たち》がきつく　図太い気負いの彼らは
猟犬として縄文人に飼われていたのだ

山歩きをしていて
一旦獲物を見つけると一気に立ち向かう
険しい山でもひらいた指先で地面をつかみ
高く跳び　苦もなく斜面を駆けおりる
そんな相棒を
わたしは今日も抱きしめる

含み笑い

縁側で
冷えた麦茶を啜《すす》りながら
風でぱらぱら騒ぐ新聞を
片手で押さえて読んでいると
近くの別荘の若い奥さんが
関西なまりのあいさつを
わたしになげかけていく
月に一度家族で別荘にやってくる
派手な簡単服《あっぱっぱ》を着た
はいからさんだ

十分ほどすると
コンビニ袋を下げて帰ってきた
こんどはわたしから話しかける

お買いものですか
にっこり会釈する奥さんを見送りながら
新聞を片手に目を閉じる
縁側にしばらく澱んでいた甘い薫りを
沢風が消していく

軒下で寝ていた相棒が
立ち去っていく足音に
鼻をぴくぴくさせながら
わたしと同じように目を閉じる
首をすくめてにっと北叟笑《ほくそえ》む

峰桜

むかぁし　わたしが
富士山太郎坊ちかくの峰の凹地で

老木から枝採《ど》りして実家に植えた桜が
ことしも満開になったと義姉《あね》から電話が届く

花は小振りの薄墨の峰桜で
五十年ものあいだに天を衝《つ》き
隣家に遠慮しなければならぬほど
大木になったと

ベランダに出て花のそばで
大きく呼吸《いき》をすうと
富士山のにおいがすると

誰に咲いてみせるのでもなく
富士山《おやま》の天辺近くにひっそり咲いていた
あの一本の老桜《おいざくら》に逢いたくて
チビを車に乗せ太郎坊に出かける
わたしの一番大切なものを見せてやるといって

彼は車窓から首を乗り出し
　早く見たい　〈
急《せ》きたてる

尾根の凹地に着くと
峰桜の姿はなく
そこは駐車場に変貌《かわ》っていた

石の声

ことしも　富士山の
雪解けがはじまった
暴れ川の堰のたもとの川底で
石のぶつかり合う音がする
この郷にきて

石が傷つき合うのを
なんども聞いた

水の音には慣れても
上流から押し出されてくる
石たちの悲鳴には
いまだ慣れない
今夜もふとんの中で
一晩中　耳をふさぐ

相棒も夜っぴて
小屋の隅っこで
お腹を舐めている

ピラカンサス

小鳥がもってくるのか
庭にはピラカンサスがよく生える
そのピラカンサスにチビは片足あげて用を足す
トゲに刺されぬよう用心していても
何度もとびあがって痛がるチビを見ることがある
そのたびにピラカンサスを切り倒そうと思うが
生垣で咲くかすんだ白い塊花《かたまりばな》は
赤黄味《あかきみ》の実がぎっしりみのって小鳥をよぶので
つい切らずにおいてしまう
大きく根を張ったピラカンサスを抜くのは
あまりに可哀相だし
ほねのおれることだから
相棒にはもうしばらくがまんしてもらおう

おぬしさま

背丈ほどもある雑草が
生い茂る鎌倉古道を
リュックを背負った旅人が
転げながら
往還からとび出てきた
　でた、でたぁ
　蛇が、こんなにでっかい
散歩中のわたしとチビに
両腕を広げて叫ぶ

むかし精進川で
であったことを古老に話すと
　それは水神さまだ
といっていた

あのとき子飼いのチビは
大蛇に呑まれまいとして
わたしのそばで
軀を竦《すく》めたまま
一歩も動けなかった

鱗が濃いみどりに光っていて
大山椒魚《おおさんしょううお》のお化けのような大蛇だ
地元では「富嶽蛇」とか
「おぬしさま」とよんでいる
バス停に向け岨道《そばみち》を逃げていった
旅人の姿はもう見えない

蛇塚

木の根が蛇のように身をよじりながら古道にむき
出している。登山者はそれを滑り止めにして、爪先だって軀を前のめりに山径を手繰っていく。

先日わたしは尾根歩きをしていて、古道に横たわる木の根と見紛《みまが》うほど太い縞蛇《しまへび》を思わず踏んでしまった。猟犬《やつ》ときたら、すかさず笹藪に逃げ込もうともがく蛇の尾っぽを銜《くわ》えて振りまわし、地面にたたきつけた。深傷《ふかで》を負った縞蛇をぶじ笹藪に復《も》どすことができた日没刻。

近くに「駒止めの松」と「鎌倉往還」の碑が立ち、地元ではこの林道に蛇が多いので「蛇塚」と呼ぶ。

転《うた》た寝《ね》

高原の草に寝ころび
彼岸花を指でくるくるまわしながら
富士の初冠雪を眺めていると
　あの飛行機は
あんなにたくさんの雲を
お腹《なか》のどこに詰め込んで
　いるのかなあ
相棒がわたしに話しかける

寝たふりしていると
背中で同じことを繰り返し聞く
仕方なく寝返り打つと
愛鷹山のすぐわきを
旅客機が　音もなく
幅広雲を引きながら
岳南平野に向かって
　滑っていく

チビが三たび同じ質問をする

さあね
素っ気なく答える
　ふうん
と言って彼は
わたしと同じく富士に向かって
転た寝をはじめた

草笛

庭の
野面《のづら》の石垣に
蔓延《はびこ》っている
草を毟《むし》る

草を毟った
玉石垣に
両脚を宙ぶらりんさせながら
富士に対って
草笛を吹く

七十年ぶりに
校歌を奏でながら
頬を伝うしずくを拭う

黙って目を閉じ
草笛を聞いていた相棒《チビ》が
とつぜん富士を睨んで吠えだした
わたしが富士に苛《いじ》められていると思って

思い出みち

ずいぶん遠出したので

山並の端れの近みちから
家に帰ろうとすると
チビはとつぜん立ち止まり
どうしても林道には入りたがらない
そうだ　このみちは
まだ彼が子飼いの頃
赤マムシに噛まれた
厭なみちだ

あのとき
草むらの中から
チビの悲鳴とうめき声がし
近づくと彼は白目を剝《む》き
あおむけに倒れていた
口から泡をふき
前肢が小刻みに痙攣し
後ろ肢は蛙のように
宙を蹴っていた

あれから十年がたち
今ではど太い蛇であろうが
噛まれるまえに両肢で押さえつけ
一度に二匹も銜えてきて
どうだとばかりに
わたしにみせるのだ

しかし近みちだからと
なだめすかして
おやつをみせても
この林道だけは
絶対に通りたがらない
チビの厭《いや》あな思い出みちだ

ユキノシタ

こども時分に火傷《やけど》や腫れものができると、祖母が毛の生えた葉っぱを揉んで傷口に貼ってくれた。咳きこんで眠れなかったとき、厚ぼったい葉っぱを火に焙《あぶ》って喉にも貼ってもらった。喉が火照って咳が止むのを待つあいだ、二枚目の葉っぱを揉みながら祖母は、その紅紫の葉っぱを丸めて草笛を吹いてくれた。

苔むした崖の小径を相棒と散歩しながら見つけた可憐な白い花のユキノシタ。一枚つまんで祖母におそわった草笛で、ひとふし郷里《ふるさと》の唄を口遊《くちずさ》んでみる。先をゆくチビが足を止め涙ぐむわたしを見ている。

暖炉

終日、裏二階の部屋に閉じ籠っていたので、とうとう気が滅入ってしまった。暮れるでも暮れぬでもない薄闇の街へ、相棒チビと気晴らしの散歩に出る。嫁いだ末娘に買ってもらった、とっておきの鳥打帽を目深にかぶって。

昼過ぎから降り出した雪はまだ小止みなく吹雪き、街道には通行人の足音も人影もない。時折、雪を積んだ車輛がタイヤを軋ませながらゆっくり滑っていく。

家並《やなみ》の途切れた辺りで街灯の一つが消えている。そこに舗道の闇が集まって吹き寄せられた銀杏の葉が風に震えている。一軒だけが燈《ひ》が灯る客のいない喫茶店に入る。店主《マスター》に頼み込んでチビと一緒に。

店の奥の暖炉を見つけると相棒は、いきなりそこに陣取り腹這いになって冷えた軀をあたためだした。好物のパンケーキも欲しがらずに。名前をよんでもなかなか目を覚まさない。やがて彼が目覚めて大欠伸するまでのあいだに、わたしは珈琲を三杯もおかわりしてしまう。そろそろ店を仕舞いたいのか店主が時計ばかり見ている。

くぬぎ林

白い布を垂らしたように流れが堰《せき》をつくっている。そのあばれ川の淵に小魚がいるとみえて小枝にとまった山翡翠《やませみ》が目を凝らして水面をみている。この精進川のすぐそばのくぬぎ林に埋もれてもみじに染まる自分が大すきだ。連れの相棒もおちばにもぐりこみじっと動かずにいる。いつも見かける小鳥たちもきょうは巣籠りしているらしく啼き声も羽音もしない。私らを見て見ぬふりの人影が近くの小径を足早に通りすぎる。

蕗《ふき》の薹《とう》

今朝のチビときたら
呼んでもいないのに
ちょこまか尻尾を振って
わたしにつきまとう

はてさてこ奴に
何があったのか
庭をいったりきたり
跳ね回っている

チビの眸《め》がギョロリ
飛び出しそうに何かを探している
鼻鳴らし　地べたを嗅ぎながら

庭の隅に
チビの好物な
蕗の薹が
ほっくり顔をだしている

雪見風呂

歩行者も
車輛も見あたらない
猛吹雪のなかを
ニット帽を深く被り
チビと一緒に集落はずれの
ひなびた須走温泉に
やっとこさで辿りつく

番台のあるじにたのみこむと
お客さんがいないから
少しの時間ならいいと
チビと一緒の入浴を許可してもらう
客がきたら湯場の裏口から
急いで帰ることを約束して

大雪で富士が
こちらを見ているはずがないのに
彼は恥ずかしといって
林の奥の露天風呂にとびこんでしまう
両肢で水搔きするが
前にはちっとも進まない

湯船に浮かべた
盆の地酒を舐めながら
チビの口に一口注ぐと
まっと呑みたいとせがまれる
もう一口呑ませる
奴はいける口だ
口吻をなめまわしている
わたしの手拭いを
チビのあたまに載せると
湯船の腰かけ椅子に座って
大きな欠伸しながら
彼はうとうと眠ってしまった

こいち時間がたって
風呂のあるじが客がきたので
風呂から出るようにと知らせにくる
湯船に浸った彼は
目を閉じたまま動かない
仕方なく彼を抱きかかえて
急いで裏口の着替え室へとびこむ

チビを背負い
猛吹雪の逆巻くなかを
喘ぎあえぎながら
やっと家路に辿りつく

マラソンチビ

テレビでマラソン中継を見ていると
チビがとつぜん軀をえび反りにして
勢いよく後ろ肢で立ちあがった
前肢を前後に振りながら
　ボクたちもマラソンやりたいね

わたしの顔をのぞきこむ
庭の枝折戸を開き
　よしやろう
呼吸を整えてから　長尾平までの
十キロのゴール目指して同時にスタートする

地を攫《つか》み　砂礫を蹴り
わだちを飛び越え
彼は木の根みちを疾走
心臓が早鐘を打つが足は緩めない
散歩する犬なかまには見向きもせず
いつもの鹿追い猟が脳裏をよぎり
一目散にゴール目指してひた走る
つむじ風が彼を追いかけるが
あまりの速さに途中であきらめる
神駒《かみこま》のように　雲海の
浮波《うきなみ》のなかを駆け抜ける彼を
しっかりと見届けたわたし
素早く反対側の急勾配の坂道を
時計まわりに一気に滑り降り
ひとあしさきに長尾平へと出る
チビの道とは半分ほどの近道だ
彼はまだこの脇道を知らない
わたしがうんと若かったら一緒に走れようが
この歳では心臓が破裂してしまう

ゴール地点の岩に腰かけ待つこと数分
遠くから豆粒ほどのかたまりが
だんだん近づいてきた　チビだ
岩場のわたしを発見
　いつボクを追い抜いたの
ひどく咳き込みながら問いかける
墨絵ぼかしの山の端を指差し

あの林の陰で君が用足ししているとき
　抜き去ったのさ
　用足しなんかしたのかなあ
小首をかしげる

雪が降りだした
　さあ大雪にならないうちに帰ろう
彼は急にお腹が痛いといって
地面に腹這い　目を閉じて動かない
あ、チビの前肢が腫れあがり
痙攣をおこしている　ひどい熱だ
鼻血が出ている
彼を小脇に抱え急いで家への近道を手繰る

　あれ　こんな道あったかなあ……
むなもとでかすかな声
　あったんだよう

　ずっとむかしから　あったんだよう
わたしは目頭をぬぐいながら
すっかり凍《こご》えてしまったチビを
ジャンパーで包《くる》み家路を急ぐ

　この道はあったんだよう
　むかしからちゃんとあったんだよう
を繰り返しながら

赤い笹波《さざなみ》

チビのおやつの
爆《は》ぜ菓子をつつんで
山中湖畔へとドライブにゆく
夕陽の渚に座って
磯涼みしながら

赤い笹波に染まる
うすやみの渚がだんだん濃くなり
入江がきらぎら銀鱗のように煌めきだした
笹波が湖畔の宿の明かりに変わる

この広い湖《うみ》は外国まで続いているのかなあ
そう　続いているよ
いつかアメリカに行きたいなあ
それまでに目と脚《あし》を治さないとね
病院ってコワイとこだろうね
そう　少しだけコワイとこだよ
チビのおしゃべりにあいづちを打ちながら
わたしは夕陽が富士の向《むか》つ嶺《お》に沈むのを見ている

急にこのごろ
チビの目に幕がはり足も弱くなった
名前をよんでもなかなかふりむかない
耳もだいぶとおくなった
大好物のチキン入りペットフードも半分しか食わない
段差のきつい坂道では
小石につまずいたり
木の枝に顔をつつかれたり……
わたしもチビのように
階段を踏み外したり
どっちもどっちだ
そんなチビと目が合うと
にっと含み笑いが溶け合う

今日までずっと
腑甲斐無くて恰好わるいわたしを
救いつづけてくれた相棒チビ
昨日の山歩きでは
木の根とまちがえて

蛇を踏みつけたがその蛇を
捕えることもできなくなった猟犬チビ

けものみちでは何匹もの蝮《まむし》を
傷《いた》めつけたこともあったのに
ウサギやオコジョを銜《くわ》えて
どうだとばかりに
ひょっこり笹藪からとび出してきたのに
もう彼ひとりでは山歩きも猟もできなくなった

ずうっと向こうの湖尻で
花火があがっている
花火も見えなくなったチビを
わたしはそっとだきしめながら
妻が買ってきてくれた
鯛《たい》焼を半分こする

未刊詩集『そのひと』全篇

お茶を喫んだ日

僕は俯《うつむ》いたまま
黙っていた
そのひとも俯いて
膝のうえで指を絡ませていた

僕は何かを
言わなければと思っていた
そのひとも何かを話さなければと
口籠っていた

僕が顔をあげると
そのひとも思わず顔をあげ

二人の含み笑いが可笑しくて
セピア色にくすんだ紙魚《しみ》のカーテンが揺れていた
ベンチャーズのエレキに背を押され
街の角っこの小さな喫茶店を出ると
雨晒《あまざら》しの二人の自転車のハンドルに
黄色い駐車禁止の札《シール》が貼られていた

そんな昔

窓から
風も吹き込まないのに
季節ばなれの
山ツツジのように
ゆれつづけていた
長く編まれたセーラ服の襟元の髪
小首をふかく垂れ
わ切れにされた
レモンのように
冷たく震えていた

閉じられた部屋の片隅で
あれほどにまで僕に詫びて
なみだもでなくなって
しまっていたのに

灯りも点さず
小さな部屋で
僕が　大声で
叱った　そんな昔

伊香保の旅

なじみの質屋から
背広を出すと
路地に待たせていたそのひとに
「大切な物は
全部ここにあずけてあるのね」
と言われた

「近頃あまりこういうものは
はやりませんでねぇ」
質屋の主人と長い時間
顔を見合わせ　やっと
背広を入れてもらったことを
列車の窓に凭れて
わたしは目を閉じ思い返していた

隣の席で
窓の景色を指差しながら
満面の笑みで
子どものように無邪気にはしゃいでいた
そのひとのことも忘れて

此の頃　胸に
津波のように押し上げてくるのは
むかし　そのひとを連れて
はじめて伊香保に旅をした日の
朝の出来事である

小箱

Ⅰ

紺のセーラ服のそのひとの前髪に

粉雪が少しだけ積もっていて
バス停に白いススキの穂が
風に重く波打っていた
プラタナスの並木路に
落葉がからからと舞っていた

どろどろとこね返されて
凍ってしまった雪わだちを
何度も頭を窓に打たれながら
ぼくらを乗せたバスが
麓の町へ滑ってゆく

無邪気に玩《もてあそ》びながら
何かがいっぱいつまった小箱を
あの日も大切そうに持ち歩いていた
笑うと白い歯が光っていた

小箱の上に両手を揃え
そのひとは小首を傾げては
深く考えるような仕種で
ぼくの隣で二本立て映画に熱中していた
蒲鉾屋根を打つ雨音だけが響いていて
何と言う名の映画であったか憶い出せない

あの日
兄のお下がりのズボンを
夜毎に寝敷《ねおし》したぼくは
映画を観ているふりをしながら
その一ちょうらのズボンの織り目だけを
ひどく気にしていた

小箱

Ⅱ

山吹が竹垣に咲き匂い
桑の実が甘くグミの実がたわわに
借家の庭にこぼれ落ちていた凬の朝
小箱と赤毛の太っちょい子犬を抱いて
そのひとはぼくの部屋にやってきた
その日からそのまま二人は
四畳半で暮らすようになった

白萩の葉が夕陽に眩しい
半年後の秋の日の午後
小箱と赤犬とぼくを残して
そのひとは　静かに
一人きりで逝った　白血病であった
大きな窓の白いカーテンの隙間から
茜雲が一片　病室をのぞいていた

遠い日　そのひとが
頑《かたく》なに玩んでいたぼくの詩篇が
いっぱいつまった色褪せた小箱
五十年が経った今でも
箪笥の奥に眠っている

スニーカー

そのひとの結び髪に
薄羽《うすば》蜉蝣《かげろう》が止まっていて
指を差し出すと
ぼくの指先に乗って
丸い目玉を動かしながら
すぐにそのひとの指に返った

浅間さんの丸橋にしゃがんだ
ぼくらの指の蜉蝣を
池の緋鯉が捕ろうとして
水面が何度も揺れて
そのひとの顔も揺れた

境内の植込みの秋桜の先に
今度はショウジョウトンボの雄が
目玉をくるくるまわし　砂場近くの
子どもらの縄飛びの数をかぞえていた

ヒグラシが神木にすがって
滝音にめげず激しく鳴いていた
空には風箒が掃いた茜雲が
幾重にも棚引き　揺蕩い
夕陽が　富士のてっぺんで
北叟笑んでいた

幾度も入退院を繰り返していたそのひとは
ぼくと浅間さんの散歩を終えたその日から
もう　二度と微笑わなくなった
そしてお山に初雪が降りた日の午後
そのひとは霊山へと出発《たびだ》った

薄暗い下駄箱の隅に　今も
ぼくがむかし履いた運動靴と並んで
そのひとのスニーカーが
深海魚のように眠っている

一人になった日

病院を見舞う途中

土手で摘んだ草花を手渡すと
笑顔で病室に活けていた
が　急に写経にも飽き
草花も活けなくなった
そのひとの溜息だけが
窓ガラスを曇らせていた

温顔な主治医が
静かに諭すように
病名を告げたとき
頷きながら　そのひとは
浴衣の袖に顔を埋めていた

病院の窓からは
遥かな山並が
白雪をいただき
虫の声は大分少なくなって
ススキが遠くまで波打っていた

たくさんの約束ごとを
果たせぬじまいで　そのひとを
彼の岸へおくってしまったわたし
独り　野に立ったあの日
向こうの郷で祭り太鼓が慄えていた

帰り途

病室のドアを開けると桃色の毛糸玉がぼくの足元に転がった。そのひとははにかみ笑いを浮かべながら細い手でぼくから毛糸玉を受けとる。結び髪のほつれを耳のうしろに掻きあげながら、備え付け椅子で編み物をしてぼくの来るのを待っていたのだ。巡回中の無愛想な巡回医師が部屋を覗き、薄い口髭を指先で撫でながら又ぺたぺたと上履きを慣らし病室を出ていった。

細目に開けた個室の窓から淡い夕陽が射し込み天井がぐるぐる赤い斑《まだら》模様の輪を描いていた。近くの民家の屋根に枯葉を撒き散らし太い一本の欅《けやき》の枝が空で騒いでいた。そのひとに届け物を手渡すだけであの日のぼくはとうとう何も喋らなかった。

むかしそのひとと歩いた裏通りのどんつきの小さな公園に立ち寄る。二人で座ったベンチに深く凭れてしばらく目を閉じる。街路樹の金木犀の香りが漂い、とおくからあの日と同なし秋祭りの笛の音が聞こえる。大きな花火が続けて上がって無口な空が急ににぎやかになった。墨絵ぼかしの下弦の月が花火の煙りに包まれてひどくむせている。

約束

遮断機の向こうで
長い影を引きながら
そのひとは僕に
手で大きな合図を送っていた
場末の小さな低い駅舎の屋根に
真っ赤な夕陽がうずまいて

合歓《ねむ》の花咲く歩道で
僕の着こなした薄手のセーターが
あまりによく似合う　と言って
そのひとはこどものようにはしゃぎ
頬を赤らめていた

夕餉を御馳走になっての

そのひとの家からの帰り路
銀杏の葉の茂る駅近くの公園で
二人は約束を交した
あのとき　本当の僕は
約束が怖かったのだ
そのひとは両手で瞼を抑えていた
月に照らされた両肩が小刻みに震えていた

子犬を連れた母子が
寄り添う二人のそばを
急ぎ足で通り過ぎ
酔った半被《はっぴ》姿の職人が
僕ら二人をはやしたてていた
そのひとの家には
はじめての訪問であり
それが最後であった

風鈴

薄闇の舗道に影が
二つ寄り添い夜空を仰いでいた
あの日　そのひとに誘われて
夜があけるまでとおくのまちの先まで
有明月を見歩いたことがある

結ばれてすぐに患い
そのひとが病院から帰された次の日の午後
二度めの月見歩きの約束もはたせぬまま
そのひとはぼくの前からはたちで消えた
あの日が最期だとわかっていたら
ぼくに折れない心の在りかたをおしえてくれた
そのほかに何を伝えたかったろう

縁側からひとりきりで空を仰ぐ
爪先のような細い月が浮いている
秋になったら　そのひとがむかし
軒先の隅に吊るした風鈴を
ことしこそはかならずはずそう
季節はずれの風鈴ほど淋しいおとはない

重み

裸の踊り子の顔が
あまりによく似ているので
不意に目を伏せてしまう
とある鄙《ひな》びた町の劇場小屋

スポットライトの影に
身を隠すわたしの
慄える膝の上に
坐りに来た踊り子

昔から忘れぬ
辛くて哀しい同じ重みに
一瞬　そのひとを忘れる

記憶の底の
同じ黒いまなざしに
戸惑い　ふと息をとめる

驟雨《はしりあめ》が屋根たたく
深夜の場末の劇場小屋
踊り子の髪筋に
透き通った雨粒がついていた

転々と（年譜に代えて）

一九四二年（昭和十七年）静岡県富士市に生まれる。本名、仲澤春宣。

十一人兄弟のうち長男次男が戦死。家計が楽ではなかったので、末っ子の自分は給油所のスタンドボーイ、仕立て職人の見習い、大人に混じって土木作業に勤めながら夜学に通った。

十八歳で上京。深夜のドン行で、東京へ出たもののすぐに一文無しに。泊る場所もなく、町を彷徨っているところを中華料理店の主人に声をかけられ、食事をご馳走になる。そのまま住込みで中華料理店の皿洗い、出前持ちなどして暫く働かせていただく。傍ら、恩師・北川冬彦の弟子となり、月刊誌「時間」に毎号作品を発表する。筆名、忍城春宣。十九歳。

時計卸業の販売員、製麺所の店員、出版社の雑役係、古紙回収業を経て、バンドボーイをやりながら音楽院を卒業。ビクターレコーディングオーケストラに専属ギター奏者として在籍する。二十一歳。

其の後フリーとなり、スタジオミュージシャン、日劇、国際劇場、帝国劇場、民音、ロッテ歌のアルバム等に長期出演。傍ら念願のジャズ喫茶を経営するも、過労のため腱鞘炎にかかり音楽生活を断念。

青春の躓《つまず》きのなかでの結婚。二十八歳。

一変して建具職人の見習いとなるが勤め先が倒産する。この時期、妻子を連れて職探しに走り回る。新聞広告を頼りに起業した会社が、オイルショックの影響で再び倒産の憂き目を見る。更に芝販売業を興すがこれも取引先の倒産のあおりで撤退。

一九七六年、音楽家《ミュージシャン》時代の貯蓄《たくわえ》を全額注ぎ込み書店経営に乗り出す。三十五歳。

二〇〇一年と二〇〇二年に、中学校の同窓生、地元の有志により「忍城春宣詩碑」二基が贈られる。

三度目の癌を患い、入退院を境に三十年間の書店事業を二〇一〇年に断腸の思いで廃業。六十五歳。

其の後、体調快癒を機に知人の事業を最後のみやづかえとして手伝わせていただいている。依って件《くだん》の職業を転々と変えたが最後は此処《ここ》、富嶽の里、須走が終の住処《すみか》となるか。

高原の別荘の赤レンガの長い煙突から、煙が一本あがるのを眺めながら、自宅の二階でこの詩集を編む。七十八歳。


「日本詩人クラブ」「日本文藝家協会」「静岡県詩人会」「三島詩の会」会員。

「雑木林」「漪《い》」同人。

著書『夕告げびとの歌』『慈悲抄』『叱られて』『風死なず』『二十歳の詩集』『あなたへ』『もいちど』『須走界隈春の風』『須走風信』『須走通信』『峠越え』『猟犬チビに捧ぐる詩《うた》63』『そのひと』。

未刊五詩集を編む

二〇〇七年に刊行した『須走界隈春の風』に描けなかった須走を違う視点でもういちど描いてみた。

近年、都会から多くの企業が進出し、高速道路が走り、けものたちは狭められた森や林の隅にまで追いやられている。建設工事現場の中を栖《すみか》を奪われたイノシシやシカが右往左往とかけまわる。キツネやタヌキの巣穴が一瞬のうちに作業機械でこわされ、日本キジの親子が巣を失って逃げ惑う……。

しかし須走には失われていないもの、失ってはいけないものがまだまだたくさんある。郷の周辺には多くの峠がある。勿論わたしが名付けた峠も含めて。

残されたこれらの原風景、心象風景をありのままに描いたのがこの『須走風信』『須走通信』『峠越え』『猟犬チビに捧ぐる詩63』の四つの詩集である。

わたしの詩の理解者である野田新五氏より過分な解説をいただいた。新五さん本当にありがとう。

五冊目の詩集『そのひと』は、わが青春時代の悲哀と躓《つまず》きを綴ったものである。ご笑読下さるとうれしい。

あとがき

むすめが
むすこが
妻が
まごが
おじいちゃんの詩は
むずかしい
と言う

むすめよ
むすこよ
妻よ
まごよ

詩を
よく見よ
おじいちゃんの
生きざまの
どこがそんなに
むずかしい

二〇二〇年六月十五日

忍城春宣

解説

忍城春宣氏の四つの未刊詩集を読む

野田新五

詩誌「驅動」が届くと、忍城春宣氏の作品から読むのが習わしだった。それは楽しみでもあったし、その独特な詩境に浸ることの喜びでもあった。そんな「驅動」の四年前の終刊で氏の新作に接する機会がなくなり寂しく思っていたところ、今般、ご本人から四つの未刊詩集「1. 須走風信」、「2. 須走通信」、「3. 峠越え」、「4. 猟犬チビに捧ぐる詩《うた》63」が送られてきて、感想を求められたので喜んでお引き受けすることにした。

さて送られてきた四つの詩集。印字された原稿をクリップで綴じた段階のものである。

「1. 須走風信」、四十三篇。「2. 須走通信」、六十六篇。氏が暮らす静岡県の北、霊峰富士山の東に位置する町「須走」の自然、風景、人物、人情に材を求めて氏ならではの生活観・宇宙観から描き出される作品群である。氏はここで、例えば須走の町について「天の川を／攩網《たも》で掬《すく》えそうな／天空のちっちゃなまち」と慈しむ一方で、富士山については「演習所の／鉄条網の中で／富士が砲弾をあび／立っている」と奥歯を嚙みしめ、あるいは「巨大な怪魚と／みまがうほどの影富士が／雲海を遊泳」するのに眼を見張る。そうして須走びとのことになると「だまされてもすぐに人を信じ」るが、「近づくと／みなだれもが／富士山のにおいがする」と讃えるのだ。ほのかに胸が温もって来て、今すぐにも須走に行きたくなる。

「3. 峠越え」、三十篇。ここには、風越、霧待ち、笹百合、一本塚、駒止め、夕月、籠坂、雲霧……など多くの峠が現れる。どの一篇を読んでも、暗い藪みちの、熊笹急坂の、蛇塚脇の旧街道の……と描かれるリアルな自然の息が頬や首筋に吹いてきて鳥肌が立つほどだ。「鎌倉古道に沿って／緩《ゆる》い起伏を繰り返す／甲斐口の籠坂を辿る」詩人は、折からの雨を避けて「稲妻が　雷鳴が／

演習場の砲声に負けじと／森を揺るがす篭坂峠」の洞穴に逃げ込み、自衛隊の砲声に耳をふさぐ。こうしたさりげないスケッチにも忍城氏ならではの筆の冴えが散見される。他にも「眼下にすりばち状の／みくりやの街の明かりが蠢《うごめ》き／螢川のような電車が（略）／足柄路をゆっくり登ってくる」光景や、「山肌に曲輪《くるわ》を連ねた／玄倉《くろくら》城址の尾根の撓《たお》りを／熟柿《うみがき》のような爛《ただ》れた夕陽がすべる」くだりなど、あげていけば切りがない。作品「峠越え」の終連では、おのが桃源郷「須走」を「天空の里」と崇めている。

「4．猟犬チビに捧ぐる詩63」篇。忍城氏の愛犬、山歩きと猟の相棒である「三角眼で狼顔の」柴犬のチビへの愛と真情溢れる詩がひしめいている。子犬の時に猟師から譲り受けたチビは、氏にとって単に可愛いだけのペットではない。獲物を追って何日も帰らぬ程に猛々しいこの猟犬は、大げさに言えば人間を越えた大自然の象徴、それゆえにひそかな畏怖の対象としても扱われ、深い省察を込めて描かれている。詩人は「こんな暮らしをしていると／相棒が主人で／わたしが彼に飼われているようだ」と述懐するが、読んでいくと月にも挑まんとする犬の野生の眩しさと老境の主人の悠然たる暮らしがユーモラスにマッチして、心がほぐされる。

以上四つの未刊詩集の読後の感想は、久しぶりにたっぷり味わった忍城ワールドに対する満足感である。愛犬と共に富士の裾野の地で何年も暮らしたかのような気がするのはなぜだろう。おそらく、誰の心にも宿るあるべき世界への憧憬を忍城氏の詩が揺さぶったからではないかと思われる。

十九歳より北川冬彦に師事した忍城氏の詩と詩人については、二〇〇七年刊行の詩集『須走界隈春の風』の周田幹雄氏の「序文」及び中村不二夫氏の「解説」に尽くされている。だからここで詩人論や批評めいた言舌を弄する気はまったくない。先述したように、私は長年の忍城氏の詩のファンの一人であるゆえに、この文章は未刊詩集を読む喜びと忍城詩への心酔の一端を述べたものである。

忍城春宣と須走界隈

周田幹雄

一九六一年、忍城春宣は、北川冬彦の門を敲いた。十九歳のときである。北川冬彦が、この弟子に接するとき、殊の外、目を細められるのが、傍目にも分かった。

私が忍城春宣と出会ったのは、四十年ほど前で、共に北川冬彦門下であった。当時、冬彦主宰の「時間」は、月刊であったから、私は、編集のため月に二、三回、冬彦宅に通っていた。「時間」が刷りあがると、信濃町の郵便局で、発送事務。担当の数人の中に、忍城春宣がいた。忍城は発送を担当していた。「時間」の発送は、毎月、日曜日に、信濃町の郵便局と決まっていた。当時、彼は、楽団《オーケストラ》でギターを弾いて活躍していたが、毎月、顔を見せた。彼は不規則な仕事をこなしながら、約束の集合時間を違えたことはなかった。発送が終わって、汗だくで研究会が行われている新宿中村屋へ駆けつけ、合評で、自作をこっぴどく叩かれて悄気返ることもあった。恐らく、十歳代で北川門下となったのは、小暮克彦・忍城春宣、それに私くらいではないだろうか。

忍城春宣が所属するオーケストラが、日劇「夏のおどり」に出演したとき、北川冬彦は、多紀夫人を伴って、わざわざ有楽町まで足を運んでいる。北川宅の近く、立川市で公演があったときも和服姿で顔を出されている。また忍城春宣が品川に、ジャズ喫茶を開店した時、北川冬彦は自作の詩を色紙に携えて開店祝いに駆けつけ、忍城の結婚式にも出席されている。また北川の特技とするアイススケートなどにも何度か連れていって戴いている。私なども十歳代で映画代にもこと欠く頃、北川冬彦は、よく試写会に誘ってくれた。試写室で、多紀夫人がそっと餡ぱんを手渡してくれたりした。だから、忍城春宣も私も北川冬彦のことになると、どうしても浪花節的になってしまう。

忍城春宣を詩作に駆り立てるもの、それは、愛しいものへの激しい思いであろう。北川冬彦が「巨大なもの」を嫌悪し、拒絶したように、この弟子は、愛しいものを犯す相手、人間性を疎外するものに敢然と立ち向かう。例え日本・日本人の象徴である富士山でも傍若無人に押し入ってくれれば容赦しない。愛しいものを庇護するために。

抒情性を極端に抑える詩が多かった「時間」の同人のなかで、北川冬彦が忍城春宣に目をかけたのは、その清新な抒情性と底に流れている共通の暖かい血のせいかもしれない。

私は、「驅動」五十号の忍城春宣詩集『須走界隈春の風』の評で、「忍城春宣は、地元須走に完全に溶け込んでしまった。忍城は、須走を隈なく歩きまわり、富士浅間神社を初め、多くの富士にまつわる名所、旧跡、景勝地を訪ね、地元商店街の人々との交歓を描き出す。どの詩を読んでも、紙背にあるこの詩人の暖かい息遣いが、読み手に伝わってくるのだ。忍城春宣が描き出す人間は、忍城の胸のなかで、春の風のような濾紙《フィルター》で濾過《ろか》され、それぞれがその道に通暁した達人のように精彩を放っている。詩作への熱情に裏打ちされたとはいえ、忍城春宣の常軌を逸した行動力には、ど肝を抜かれる。忍城春宣には、地元に二基の詩碑があり、富士山麓の町、須走が育ててくれた詩人と言っていい」と書いた。

詩碑は、彼の同窓生、地元有志の浄財で建てられたものである。忍城春宣の師北川冬彦は、琵琶湖畔大津で生まれ、中学まで満州で過ごした。厳しい筆名もそんな環境に拠るものであろう。行田市に忍城という城がある。忍城の車に便乗して、忍野八海に行ったことがあった。彼は、徹底的に忍城という筆名に拘《こだわ》る。血が滲むような辛苦を耐え忍んだ時代があったのか。忍ぶは偲ぶに通ずる。忍城の詩には、この詩人の暖かさが内臓されている。

私は、「驅動」五一号にも『須走界隈春の風』について次のように書いた。「忍城春宣がどっかと根をおろした静岡は、温暖な気候に恵まれて蜜柑、茶、それに駿河湾、浜名湖を抱えて海湖の幸にも恵まれている。県民性は温厚、篤実《とくじつ》といえる。最大の特色は、富士山を擁している誇りであろう。何しろ、日本を象徴する霊峰だ。鼻っ柱の強さも秘めている。関東、関西の間に位置し、板挟みの鳴くまで待つ辛抱も心得ている。だから知識欲も旺盛だ。忍城は、この先もずっと、忍城春宣の、富士山と須走界隈を書き続けるだろう」と。

詩集『須走界隈春の風』序文より

二〇〇七年九月

新・日本現代詩文庫151　忍城春宣《おしじょうはるのぶ》詩集

発　行　二〇二〇年八月十五日　初版

著　者　忍城春宣
現住所　〒四一〇―一四三一
静岡県駿東郡小山町須走三〇〇―二四
装　丁　森本良成
発行者　高木祐子
発行所　土曜美術社出版販売
〒162-0813　東京都新宿区東五軒町三―一〇
電　話　〇三―五二二九―〇七三〇
FAX　〇三―五二二九―〇七三二
振　替　〇〇一六〇―九―七五六九〇九
印刷・製本　モリモト印刷
ISBN978-4-8120-2584-0　C0192

新・日本現代詩文庫

土曜美術社出版販売

- 141 小林登茂子詩集　解説　高橋次夫・中村不二夫
- 142 万里小路譲詩集　解説　近江正人・青木由弥子
- 143 稲木信夫詩集　解説　広部英一・岡崎純
- 144 清水榮一詩集　解説　高橋次夫・北岡淳子
- 145 細野豊詩集　解説　北岡淳子・下川敬明・アンバル・パスト
- 146 川中子義勝詩集　解説　中村不二夫
- 147 山岸哲夫詩集　解説　井坂洋子・藤本真理子・苗村吉昭・武田肇
- 148 天野英詩集　解説　小川英晴
- 149 愛敬浩一詩集　解説　村嶋正浩・川島洋・谷内修三
- 150 山田清吉詩集　解説　松永伍一・広部英一・金田久璋
- 151 忍城春宣詩集　解説　野田新五・周田幹雄

〈以下続刊〉

- 丹野文夫詩集　解説　倉橋健一・竹内英典
- 関口彰詩集　解説　〈未定〉

- 1 中原道夫詩集
- 2 坂本明子詩集
- 3 高橋英司詩集
- 4 前原正治詩集
- 5 三田洋詩集
- 6 本多寿詩集
- 7 小島禄琅詩集
- 8 新編菊田守詩集
- 9 出海溪也詩集
- 10 柴崎聰詩集
- 11 相馬大詩集
- 12 桜井哲夫詩集
- 13 新編島田陽子詩集
- 14 新編真壁仁詩集
- 15 南邦和詩集
- 16 星雅彦詩集
- 17 井之川巨詩集
- 18 新々木島始詩集
- 19 小川アンナ詩集
- 20 新編井口克己詩集
- 21 新編滝口雅子詩集
- 22 谷　敬詩集
- 23 福井久子詩集
- 24 森ちふく詩集
- 25 しま・ようこ詩集
- 26 腰原哲朗詩集
- 27 金光洋一郎詩集
- 28 松田幸雄詩集
- 29 谷口謙詩集
- 30 和田文雄詩集
- 31 新編高田敏子詩集
- 32 皆木信昭詩集
- 33 千葉龍詩集
- 34 新編佐久間隆史詩集
- 35 長津功三良詩集
- 36 鈴木亨詩集
- 37 埋田昇二詩集
- 38 川村慶子詩集
- 39 新編大井康暢詩集
- 40 米田栄作詩集
- 41 池田瑛子詩集
- 42 遠藤恒吉詩集
- 43 五喜田正巳詩集
- 44 森常治詩集
- 45 和田英子詩集
- 46 伊勢田史郎詩集
- 47 鈴木満詩集
- 48 曽根ヨシ詩集
- 49 成田敦詩集
- 50 ワシオ・トシヒコ詩集
- 51 高田太郎詩集
- 52 大塚欽一詩集
- 53 香川紘子詩集
- 54 井元霧彦詩集
- 55 高橋次夫詩集
- 56 上手宰詩集
- 57 網谷厚子詩集
- 58 門田照子詩集
- 59 水野ひかる詩集
- 60 丸本明子詩集
- 61 村永美和子詩集
- 62 藤坂信子詩集
- 63 門林岩雄詩集
- 64 新編原民喜詩集
- 65 新編濱口國雄詩集
- 66 日塔聰詩集
- 67 武田弘子詩集
- 68 大石規子詩集
- 69 吉川仁詩集
- 70 尾世川正明詩集
- 71 岡隆夫詩集
- 72 野仲美弥子詩集
- 73 葛西冽詩集
- 74 只松千恵子詩集
- 75 鈴木哲雄詩集
- 76 桜井さざえ詩集
- 77 森野満之詩集
- 78 坂本つや子詩集
- 79 川原よしひさ詩集
- 80 前田新詩集
- 81 石黒忠詩集
- 82 壺阪輝代詩集
- 83 若山紀子詩集
- 84 香山雅代詩集
- 85 古田豊治詩集
- 86 福原恒雄詩集
- 87 黛元男詩集
- 88 山下静男詩集
- 89 赤松徳治詩集
- 90 梶原禮之詩集
- 91 前川幸雄詩集
- 92 なべくらますみ詩集
- 93 津金充詩集
- 94 中村泰三詩集
- 95 和田攻詩集
- 96 藤井雅人詩集
- 97 馬場晴世詩集
- 98 鈴木孝詩集
- 99 久宗睦子詩集
- 100 水野るり子詩集
- 101 岡三沙子詩集
- 102 星野元一詩集
- 103 清水茂詩集
- 104 山本美代子詩集
- 105 武西良和詩集
- 106 竹川弘太郎詩集
- 107 酒井力詩集
- 108 一色真理詩集
- 109 郷原宏詩集
- 110 永井ますみ詩集
- 111 阿部堅磐詩集
- 112 新編石原武詩集
- 113 長島三芳詩集
- 114 柏木恵美子詩集
- 115 近江正人詩集
- 116 名古きよえ詩集
- 117 新編石川逸子詩集
- 118 佐藤真里子詩集
- 119 河井洋詩集
- 120 戸井みちお詩集
- 121 金堀則夫詩集
- 122 三好豊一郎詩集
- 123 古屋久昭詩集
- 124 佐藤正子詩集
- 125 川端進詩集
- 126 桜井滋人詩集
- 127 葵生川玲詩集
- 128 今泉協子詩集
- 129 柳内やすこ詩集
- 130 新編甲田四郎詩集
- 131 大貫喜也詩集
- 132 今井文世詩集
- 133 中山直子詩集
- 134 林嗣夫詩集
- 135 柳生じゅん子詩集
- 136 原圭治詩集
- 137 森田進詩集
- 138 水崎野里子詩集
- 139 比留間美代子詩集
- 140 内藤喜美子詩集

◆定価（本体1400円+税）